Mein Sommer mit Holly

Bibliografische Information der Deutschen Nationalbibliothek
Die Deutsche Nationalbibliothek verzeichnet diese Publikation in der Deutschen Nationalbibliografie; detaillierte bibliografische Daten sind im Internet über http://dnb.d-nb.de abrufbar.

FSC
www.fsc.org
MIX
Papier aus verantwortungsvollen Quellen
FSC® C083411

Text: Stephanie Polák
Covergestaltung: Grafisches Atelier arsEdition
unter Verwendung von Bildmaterial von © Thinkstock

ISBN 978-3-8458-1102-4

www.arsedition.de

Stephanie Polák

Mein Sommer mit Holly

arsEdition

Für die Omas und Opas in unserem Leben, die unsere beiden Kinder mit Liebe, Zirkusgängen, Schatzsuchen und Käsekuchen versorgen. Und besonders für Armin und Lilo, von denen so vieles in diesem Buch steckt.

Kapitel 1

»He, was machst du denn da?«

Sophie zuckte zusammen und versuchte hochzuschauen. Doch das war völlig unmöglich, denn sie steckte mitten in dem Geheimdurchgang in der Gartenhecke und dicht belaubte Äste versperrten ihr die Sicht. Seit letztem Jahr war der Tunnel ziemlich zugewachsen, was nun das Durchklettern sehr erschwerte.

Kurz überlegte Sophie, ob sie versuchen sollte, zurück in den Garten ihrer Großeltern zu krabbeln, entschied sich aber dagegen. Jemand hatte sie erwischt, so oder so. Außerdem bohrte sich gerade ein Ast in ihre Rippen, der sie bei einem übereilten Fluchtversuch nach hinten vermutlich aufspießen würde. Also robbte Sophie ein Stück nach vorne, um sich aus der misslichen Lage zu befreien und ihrem Entdecker tapfer gegenüberzutreten. Wieso war hier überhaupt jemand? Mühsam schob sie sich noch ein Stück vorwärts und dann sah sie Schuhe. Knallrote Lackschuhe mit Absätzen, die dünn waren wie Bleistifte und sich gnadenlos in den Rasen bohrten. Sophie schluckte.

Die Person, die vor dem Loch stand, ging nun in die Knie. Eine weiße Federboa baumelte für einen kurzen Moment vor Sophies Nase, dann schaute sie in ein Gesicht. Sophie blieb der Mund offen stehen. Damit hatte sie nicht gerechnet! Statt einer erwachsenen Frau blickte ihr ein Mädchen in ihrem Alter entgegen.

Endlich gelang es Sophie, sich aus ihrem stachligen Gefängnis zu befreien. Beinah wäre sie dabei mit dem merkwürdig gekleideten Mädchen zusammengestoßen. Doch die richtete sich schnell wieder auf, ging einen Schritt zurück und sah auf Sophie herab, die ganz langsam aufstand. Das Mädchen sah aber auch merkwürdig aus. War sie etwa geschminkt?

»Was guckst du denn so?«, fragte das Mädchen ungeduldig. Dann drehte sie sich um und stöckelte ein paar Meter in Richtung Haus. Hochnäsig sagte sie: »Du bist bestimmt auf der Suche nach meiner Mutter, aber sie ist nicht da.«

Sophie schaute sich irritiert um. Die alte Villa, die verrottet und zugewachsen leer gestanden hatte, seit sie denken konnte, erstrahlte plötzlich in neuem Glanz. Der verwunschene Garten, in dem sie in den Sommerferien so gerne gespielt hatte, war aufgeräumt und sauber. Da, wo früher Sträucher und Unkraut wucherten, wo Äste und Steine den Weg versperrten, waren kurz geschnittener Rasen, Rosensträucher und ein kleiner Teich angelegt worden. Das Haus, das früher zwischen all dem Grün kaum zu sehen gewesen war, leuchtete nun in reinem Weiß. Man erkannte es kaum wieder. Was war hier geschehen? Und wer war dieses Mädchen?

»Sonst noch was?« Das Mädchen war stehen geblieben und wirkte genervt. Sophie schüttelte schnell den Kopf.

»Gut, da ist der Ausgang. Oder willst du wieder durch die Hecke krabbeln?« Sie war so kühl, dass es Sophie die Sprache verschlug, also schüttelte sie wieder nur den Kopf und wandte sich zum Gehen.

»He«, rief es hinter ihr. Sie drehte sich noch einmal um. Das Mädchen hatte eine Hand in die Seite gestützt und sah aus wie ein Model auf dem Laufsteg – nur eben in viel zu großen Schuhen. »Hast du auch einen Namen?«

»Sophie«, piepste sie. Die zwei Silben ihres Namens waren ihr beinah im Hals stecken geblieben. Sie wurde ein wenig rot.

Das Mädchen nickte abschätzig. »Ich bin Holly.« Dabei verzog sie keine Miene.

Sophie räusperte sich und zeigte auf das Haus ihrer Großeltern nebenan. »Ich wohne da. Also, zumindest für den Rest der Sommerferien.«

»Aha«, sagte Holly. Und weil sie sonst nichts weiter sagte, sondern einfach nur dastand, lief Sophie davon, ohne sich noch einmal umzudrehen.

Kapitel 2

»Was ist denn mit dem Nachbarhaus passiert?«, fragte Sophie und stellte sich auf die Zehenspitzen, um besser aus dem Fenster sehen zu können. »Es ist ja alles so aufgeräumt. Ich wollte gerade nach meiner Höhle sehen, aber da war dieses Mädchen.«

»Ach, das erzählt dir besser deine Großmutter«, antwortete Sophies Opa und ließ sich auf die Couch fallen. »Das ist ihr derzeitiges Lieblingsthema.« Er schmunzelte, und nachdem Sophie sich noch eine Weile den Hals verrenkt hatte, um zu erkennen, was auf dem Nachbargrundstück vor sich ging und ob Holly noch im Garten war, setzte sie sich zu ihm.

»Erzähl mir lieber, wie euer Urlaub in Italien war, Erbse«, forderte Opa sie auf.

»Och, ganz okay. Leider haben Mama und Papa ein Haus in der totalen Einöde gemietet. Da waren kaum andere Leute. Nur am Strand habe ich ein nettes Mädchen kennengelernt, aber das ist nach drei Tagen wieder abgereist.« Sophie berichtete eine Weile von der Reise mit ihren Eltern, den vielen Ausflügen zu Weinbauern und den kleinen Städtchen, die sie erkundet hatten. Doch nun mussten ihre Eltern wieder arbeiten und hatten auch noch einen Kurztrip nach Norwegen geplant. Sophie verbrachte wie jedes Jahr die zweite Hälfte der Sommerferien bei ihren Großeltern, die sie sonst nur selten sah, weil sie in einer fünfhundert Kilometer entfernten Kleinstadt wohnten.

Ein lautes »Essen!« unterbrach Sophies Bericht von der Ruine, in der sie mit Papa herumgeklettert war.

»Den Rest erzählst du mir nachher, ja?« Opa erhob sich und gemeinsam gingen sie in die Küche. Oma hatte den Tisch gedeckt und extra zu Sophies Ankunft ihr Lieblingsessen gekocht: Königsberger Klopse. Freudig stürzte sich Sophie darauf und schaufelte Kartoffeln, Fleischklößchen und Sauce auf ihren Teller.

»Mmh, Oma, das ist super! Nach zwei Wochen Nudeln und Pizza genau das Richtige!« Sophie schleckte sich über die Lippen. »Und nun erzähl mal, was mit der Villa Irma passiert ist.«

Sophies Oma winkte ab. »Hör mir bloß damit auf!« Sie seufzte schwer. »Du weißt ja, über Jahre stand das Haus leer. Der alte Wittmann ist lange tot. Danach gab es endlose Erbschaftsstreitereien, das Haus verwilderte, weil sich niemand darum gekümmert hat, und dann plötzlich wurde es um Weihnachten herum zum Verkauf angeboten. Monatelang wurde renoviert, gehämmert, gebohrt, der Garten neu angelegt und so weiter. Das war ein Lärm, du kannst es dir nicht vorstellen.« Oma stand auf und lief in den Flur. Währenddessen redete sie weiter: »Vor zwei Wochen waren dann alle Arbeiten erledigt. Wir waren froh, dass nun endlich Ruhe einkehrt, aber jetzt kommt's ja erst.« Sie war wieder in die Küche gekommen, trug eine Zeitschrift in der Hand und knallte diese so gar nicht omatypisch auf den Tisch.

Sophie griff danach und sah Opa verwundert an, doch der nickte bloß und verkniff sich ein kleines Lächeln.

»GLORIA« stand da in weißen Lettern auf rotem Grund. Sophies Oma liebte Klatschzeitungen, und *Gloria* war ihre allerliebste. Unter dem Titel war ein Foto des Schlagersängers Dieter Wilhelm. »FREMDGEGANGEN! Hält seine Liebe zu Elli *das* aus?« Sophie sah Oma irritiert an.

»Nein, da unten!«

Sophies Blick folgte dem Finger ihrer Großmutter, der nun heftig auf ein kleines Foto am Rand der Zeitschrift tippte. Sophie erkannte eine Schauspielerin, die sie schon öfter in Filmen gesehen hatte. »Dana van Norden – Ausraster am Set!« stand da.

»DAS ist unsere neue Nachbarin. Ausgerechnet die!« Oma hatte die Hände in die Hüften gestemmt und wartete offenbar auf eine Reaktion von Sophie. Doch die zerquetschte erst mal eine Kartoffel, vermischte den Brei mit Sauce, pikste eine Kaper auf und schob sich die Gabel in den Mund. Dann zuckte sie mit den Schultern. »Na und?«, nuschelte sie. »Was ist denn daran so schlimm?«

»Ach Kind, wenn du wüsstest, was seitdem hier los ist. Jetzt ist es vorbei mit der Ruhe in Oldenkirch.«

»Na, das wird aber auch mal Zeit«, antwortete Sophie. Oma schaute sie verärgert an, doch Opa stimmte achselzuckend zu: »Wo sie recht hat, hat sie recht!«

»Du halt bloß den Mund!« Oma erhob drohend den Finger.

Sophie verstand die Welt nicht mehr. »Kann mir mal einer erklären, was hier eigentlich los ist? Ist es so tragisch, dass nebenan eine Schauspielerin wohnt? Und was hat Opa damit zu tun?«

Oma atmete tief durch. »Seitdem Frau van Norden hier eingezogen ist, lauern ständig Reporter in der Straße. Gestern stand sogar einer in unserem Kürbisbeet und versuchte, über den Gartenzaun auf das Nachbargrundstück zu klettern. Auf dem *Kürbisbeet*! Und dein Großvater schaut sich alles mit einer Seelenruhe an, statt irgendetwas zu unternehmen.«

Sophie blätterte durch die Zeitschrift, bis sie den Artikel über Dana van Norden gefunden hatte. Rasch überflog sie, was da stand. Offenbar drehte die Schauspielerin gerade einen neuen Film in der Nähe und war am Set ausgeflippt, weil ihr Wohnwagen nicht klimatisiert war. Viel mehr gab der Artikel nicht her.

»Dieses Mädchen da drüben, ist das ihre Tochter?«, fragte Sophie nun und nahm sich noch ein wenig Sauce nach.

Oma nickte heftig. »Ja, das arme Ding. Ihre Mutter dreht Filme auf der ganzen Welt und schiebt ihre Tochter ins Internat ab. Die kann einem wirklich leidtun.«

Sophie dachte an das Mädchen, das sie vor einer knappen Stunde im Nachbargarten gesehen hatte. Sie wusste nicht, wieso sie ihr leidtun sollte. Sie wohnte in einem tollen Haus, hatte eine berühmte Mutter und durfte sogar deren Schuhe tragen. Rote Lackschuhe! Ha, Sophies Mutter besaß keine roten Schuhe, ganz zu schweigen von welchen mit so hohem Absatz.

Noch einmal sah Sophie in die Zeitschrift und entdeckte eine kleine Infobox neben dem Artikel, der die wichtigsten Fakten über die Schauspielerin zusammenfasste:

Dana van Norden, 39, ist Deutschlands wohl erfolgreichste Schauspielerin, die auch in Hollywood große Erfolge feierte und dort mit Stars wie Ricky McCarthy und Caleb James vor der Kamera stand. Sie war zwei Jahre mit dem US-amerikanischen Musiker Colin Friday (Sänger der Band »Black Fridays«) liiert, mit dem sie eine Tochter hat. Seit drei Jahren lebt van Norden wieder in Deutschland und arbeitet derzeit an ihrem neuen Film »Küss mich, Liebling«.

Wow, dachte Sophie, und dann noch einen Popstar zum Vater. Mittlerweile hatte sie aufgegessen und Oma räumte die Teller weg.

»Nun pack erst mal deine Tasche aus. Nachher gibt's noch Kuchen. Ich habe Apfelkuchen gebacken. Nur für dich. Und dass es auch der Lieblingskuchen deines Opas ist, ist reiner Zufall.« Oma konnte sich ein Lachen nicht verkneifen und zwinkerte Sophie zu.

Als Sophie in dem kleinen Gästezimmer unter dem Dach war, in dem sie immer schlief, schaute sie zuerst aus dem Fenster. Von dort konnte man das Nachbargrundstück gut einsehen. Ihre Höhle im hinteren Teil war verschwunden. Das machte Sophie ein wenig traurig, denn sie war gerne dort gewesen. Einmal wollte sie dort sogar schlafen, aber das hatten ihre Großeltern dann doch nicht erlaubt.

Plötzlich stöckelte Holly wieder über den Rasen. Sie trug noch immer die Federboa um den Hals. Nun ließ sie sich auf einer Decke im Gras nieder, setzte sich eine viel zu große Sonnenbrille auf die Nase und schlug ein Buch auf. Sophie beobachtete das Mädchen und war sich nicht sicher, ob sie Holly total blöd oder doch cool finden sollte. Und da Sophie in den letzten Wochen nicht gerade viele Gleichaltrige um sich herum gehabt hatte, beschloss sie, Holly noch einmal zu besuchen. Wie oft kam es schon vor, dass man die Tochter einer berühmten Schauspielerin traf?

Kapitel 3

Während ihre Großeltern Mittagsschlaf hielten, ging Sophie in den Garten. Wieder kletterte sie durch die Hecke, brach diesmal aber vorsorglich ein paar Zweige ab, um den Durchgang etwas breiter zu machen. Von Weitem sah sie Holly, die noch immer auf der Decke saß. Sophie duckte sich und beobachtete das Mädchen eine Weile. Sie war wirklich hübsch, hatte langes braunes Haar, das glatt wie Seide über ihren Rücken fiel. Die Sonnenstrahlen brachen sich darin, so sehr glänzte es. Sophie dachte an ihre eigenen schmuddelblonden Haare, die einfach nur langweilig herunterhingen.

Holly trug ein hübsches weißes Kleid mit grünen Tupfen, dazu die Absatzschuhe und die Federboa. Sophie schaute an sich hinunter. Blaues Poloshirt, abgeschnittene Jeans und alte Turnschuhe.

»Was willst du denn schon wieder?« Ein Zweig unter Sophies Füßen hatte geknackt und Holly ihre Anwesenheit verraten. Sie schob die Sonnenbrille auf den Kopf und sah Sophie fragend an.

Verlegen lächelte Sophie. »Hallo. Ich … ähm, ich dachte … also, vielleicht …« Eigentlich war sie nicht auf den Mund gefallen, doch Hollys reglose Miene brachte sie aus dem Konzept. Mit Linnea, dem Mädchen, das sie in Italien am Strand kennengelernt hatte, war alles viel einfacher gewesen. Da war sie mit ihren Beachtennis-Schlägern rübergegangen und hatte nicht viele Worte gebraucht. Aber eine Holly ließ sich vermutlich nicht so leicht begeistern.

»Ich wollte fragen, ob du Lust hast, nachher rüber in den Garten zu kommen, um mit uns ein Stück Apfelkuchen zu essen.«

Holly zuckte gleichgültig mit den Schultern. »Mal sehen.«

»Meine Oma hat den gebacken und er ist wirklich gut.« Unsicher trippelte Sophie auf der Stelle.

»Ich glaube nicht, dass ich Zeit habe.« Holly klappte genervt ihr Buch zu. »Meine Mutter wollte den Nachmittag mit mir verbringen. Sie sollte jeden Moment nach Hause kommen.« Sie schaute auf ihr Handy, das mit Hunderten bunten Glitzersteinen verziert war. »Eigentlich wollte sie schon längst hier sein.«

»Oh«, machte Sophie. »Na ja, dann vielleicht ein anderes Mal, ja?«

Holly drückte auf dem Handy herum und antwortete nicht. Stattdessen verzog sie genervt ihren Mund. »Ich sagte doch, dass ich nicht glaube, dass ich für jemanden wie dich Zeit habe!« Sie betrachtete Sophie abschätzig von oben bis unten.

»Was soll das denn heißen?« Sophie zog ihre Augenbrauen zusammen und funkelte Holly an.

Holly pustete sich die Haare aus dem Gesicht. »Sieh mal, ich bin Dana van Nordens Tochter und du … du bist so ein Landei.«

»Ich bin doch kein Landei!«, rief Sophie und ballte die Hände vor Wut fest zusammen. Sie hatte endgültig die Nase voll. Grußlos drehte sie sich um und kletterte durch die Hecke. Im Garten ihrer Großeltern musste sie erst mal tief durchatmen.

Was bildete diese Holly sich eigentlich ein? Nur weil sie eine berühmte Mutter hatte, musste sie sich doch nicht so überheblich aufführen, oder? Wütend ließ sie sich auf eine Gartenliege fallen und starrte in den Himmel. Pah, Landei! Was wusste die schon? So eine eingebildete Kuh! Die konnte ihr gestohlen bleiben. Da würde sie lieber die Zeit mit Oma und Opa verbringen.

Irgendwann kam ihre Großmutter zu ihr.

»Na, ist alles in Ordnung?«

Sophie reckte ihr Kinn vor. »Ich war drüben, und die ist total bescheuert!«

Oma setzte sich auf den Rand von Sophies Liege. »Du meinst die Tochter von Frau van Norden?«

»Ja, Holly heißt sie. Die ist so eingebildet! Hält sich wohl für was Besseres.«

Oma kniff die Augen zusammen. »Wieso? Was hat sie denn gemacht?«

Sophie schnaufte. »Das ist es ja. Nichts. Sie antwortet kaum, wenn man sie etwas fragt. Sitzt nur aufgetakelt rum und starrt auf ihr Handy. Und dann nennt sie mich Landei und sagt, dass sie für jemanden wie mich keine Zeit hat. Das ist doch wohl die Höhe!«

Oma fuhr Sophie beruhigend mit der Hand über die Haare. »Ich glaube, sie meint das nicht so. Weißt du, sie führt ein ganz anderes Leben als wir. Ihre Mutter ist berühmt, muss immer gut aussehen. Sie arbeitet viel, da muss ihre Tochter viel selbstständiger sein als du zum Beispiel. Sie geht auf ein Internat in der Schweiz, soweit ich weiß. Sie lebt in einer ganz anderen Welt.«

»Mag sein, aber ich finde sie trotzdem blöd. Schade eigentlich. Es wäre lustig gewesen, gleich nebenan eine Freundin zu haben. Und wegen dieser Ziege ist auch noch meine Höhle weg.« Sophie war jetzt wirklich traurig.

»Ach, uns wird schon was anderes einfallen. Morgen können wir einen Ausflug in den Wald machen, was meinst du?« Oma erhob sich langsam.

»Ja, okay«, antwortete Sophie schmallippig.

»Los, wir machen Kaffee, Opa kommt bestimmt auch gleich runter. Dann essen wir Kuchen, ja?« Oma hielt ihr die Hand hin und Sophie ergriff sie lustlos.

In der Küche stellte Oma die Kaffeemaschine an, kochte einen Tee für Sophie und holte den Kuchen aus dem Kühlschrank. Er roch herrlich und Sophies Laune besserte sich schlagartig. Sollte Holly doch sehen, wo sie blieb. Ferien mit Oma und Opa waren auch so toll, sogar ohne Höhle. Und wer weiß, wenn sie ganz lieb darum bat, würden sie vielleicht ein Wochenende mit ihr in die Berge fahren. Etwas besser gelaunt trug Sophie das Tablett mit dem Geschirr nach draußen, stellte es auf dem Tisch ab und fuhr aufgeschreckt herum, als sie ein leises »Hallo« hörte.

Hinter ihr stand Holly und rieb sich den rechten Oberarm, auf dem eine Schramme rot leuchtete. Das Haar, das vorhin noch perfekt saß, war zerzaust, ein Blatt war darin hängen geblieben. »Ganz schön eng, dein Durchgang«, sagte sie verlegen und strich ihr Kleid glatt. Ein wenig Erde rieselte zu Boden.

Kapitel 4

»Ich dachte, du wolltest den Tag mit deiner Mutter verbringen«, sagte Sophie und bemühte sich, so frostig wie nur möglich zu klingen.

»Sie muss länger arbeiten als geplant.« Hollys Stimme klang etwas belegt.

»Aha.« Desinteressiert verteilte Sophie Teller und Tassen auf dem Tisch.

Holly sagte nichts und es entstand eine unangenehme Pause zwischen den beiden. »Also, das mit dem Landei … das … war nicht so gemeint«, murmelte Holly schließlich »Steht dein Angebot mit dem Apfelkuchen noch?«

Sophie stieß laut Luft aus. »Ja klar. Ich hole dir einen Teller.«

Kurz darauf, als alle am Tisch saßen, strahlte Holly fröhlich in die Runde. »Der Kuchen ist wirklich lecker, Frau Rauch.« Sie wischte sich mit der Serviette über den Mund und legte sie dann fein säuberlich auf ihren Teller.

»Möchtest du noch mehr? Du hast ja nur so wenig gegessen.« Oma erhob sich und wollte Holly ein weiteres Stück Apfelkuchen auf den Teller schieben, doch die winkte dankend ab.

»Nein, vielen Dank, ich kann nicht mehr. Wissen Sie, wir waren letztes Jahr ein paar Wochen in Paris, da hat der Kuchen genauso geschmeckt. Tarte aux pommes – mmh!«

»Oh, Paris, wie schön! Da waren wir schon oft, nicht wahr, Karl?« Oma freute sich immer, wenn das Gespräch auf ihre Lieblingsstadt kam.

»Ja, wir haben unsere Hochzeitsreise dorthin gemacht. Das war damals noch etwas ganz Besonderes. Und seitdem waren wir sicher vier- oder fünfmal dort. Vor drei Jahren das letzte Mal.« Oma und Opa schauten sich verliebt an, und Sophie rollte mit den Augen, was zum Glück niemand sah.

Ihre Großeltern schwelgten weiter in Erinnerungen:

»Hach, dieses Flair. Und die Franzosen, ich liebe die Franzosen!«

»Und die Kultur! Na, und die französische Küche gilt ja als eine der besten der Welt. Holly, sag, was gefiel dir denn am besten in Paris? Der Eiffelturm? Oder der Louvre? Wir sind ja am liebsten in Montmartre, fandst du es da auch so schön?«

Oma und Opa sahen Holly neugierig an. Sophie, die neben ihr saß, bemerkte, dass sie unter dem Tisch nervös mit ihren Fingern spielte.

»Nun, ich ...«, Holly räusperte sich, »ich habe nicht viel von der Stadt gesehen.«

»Aber ich dachte, ihr wart ein paar Wochen dort?« Opa wirkte ganz verdutzt. Und als Oma ihm einen Schlag auf den Oberarm gab, sah er sie irritiert an und zuckte mit den Schultern.

»Na ja, meine Mutter hat dort einen Film gedreht, einen sehr großen, historischen Film mit tollen Kostümen und aufwendigen Frisuren und so. Tja, da blieb nicht viel Zeit, die Stadt zu erkunden.«

»Oh«, machte Opa. Und da niemand mehr etwas sagte, ergriff Sophie das Wort: »Aber was hast du denn den ganzen Tag gemacht?«

»Ich war im Hotel. Wir hatten eine riesige Suite mit Whirlpool, Sauna, Kamin – Präsidentensuite. Das war toll! Dana hat mir viele DVDs mitgebracht und Bücher und so. Und wir waren einen Tag zusammen shoppen. Am Set war ich natürlich auch ein paar Mal. Na ja, und schneller, als man denkt, sind vier Wochen um und man hat nichts von der Stadt gesehen.«

»Hattest du denn niemanden, der auf dich aufpasst?« Sophie konnte sehen, wie Oma sich auf die Lippe biss und sich vermutlich ärgerte, dass sie ihren Mund nicht halten konnte.

»Meistens kommt Minnie mit. Das ist mein ehemaliges Kindermädchen. Die arbeitet jetzt noch manchmal für uns, wenn wir auf Reisen sind oder Dana gar keine Zeit für mich hat. Aber nach Paris konnte Minnie nicht mitfahren, weil sie keine Zeit hatte. Als wir vor zwei Jahren den Sommer über in New York waren, war sie dabei und wir haben zusammen die Stadt unsicher gemacht. Welches sind denn Ihre Lieblingsplätze in New York?«

»Oh, in New York waren wir noch nie.« Opa lächelte verkrampft. Irgendwie fühlte Sophie sich langsam etwas unwohl und wünschte, ihr würde ein anderes Thema einfallen. Oma ging es offenbar ähnlich, denn sie fing an, die Teller abzuräumen. »Wenn ihr wollt, könnt ihr zwei doch noch zum See fahren. Holly, hast du ein Rad? Sonst kann ich dir meins borgen.«

»Das ist wirklich nett, Frau Rauch, aber ich denke, meine Mutter wird bald nach Hause kommen.« Holly kramte ihr Handy aus einem kleinen Handtäschchen, das sie über den Stuhl gehängt hatte, und tippte wieder darauf herum.

»Ihr könnt ja mal wieder was zusammen unternehmen«, schlug Oma vor und schaute zwischen Sophie und Holly hin und her. Als keines der Mädchen antwortete, fuhr sie fort: »Du könntest zum Beispiel morgen zum Mittagessen vorbeikommen. Es gibt Kohlrouladen.«

»Oh, ich esse keine Kohlrouladen, danke. Aber du kannst ja morgen zu mir rüberkommen.« Holly blickte Sophie kurz an, starrte dann aber sofort wieder auf das Display.

»Ja klar«, antwortete Sophie knapp. Ihre Begeisterung hielt sich in Grenzen. Sie wusste noch immer nicht so recht, was sie von Holly halten sollte. Ob sie mit der Zeit etwas lustiger würde, etwas normaler?

»Gut, dann morgen Vormittag bei mir.« Damit erhob sich Holly von ihrem Stuhl, bedankte sich noch mal bei Sophies Großeltern und ging – diesmal allerdings nicht durch die Hecke, sondern durch die Vordertür.

Als sie weg war, leistete Sophie ihrer Großmutter in der Küche Gesellschaft.

»Sie ist merkwürdig, oder?«

Oma räumte gerade die Teller in die Spülmaschine. Kurz hielt sie inne und sah nachdenklich aus dem Fenster. »Ja, vielleicht ist sie aber auch nur ein wenig einsam.«

Sophie verbrachte den restlichen Tag mit Lesen. In Italien hatte sie einen spannenden Krimi angefangen und wollte unbedingt wissen, wie es ausging. Später am Nachmittag rief Opa sie in den Garten.

»Na, was sagst du?«, fragte er und deutete auf drei riesige Kürbisse, die neben Zucchini und Stangenbohnen im Garten wuchsen.

Sophie nickte anerkennend.

Opa hockte sich hin und fuhr mit der Hand über die riesigen orangefarbenen Kugeln. »Vielleicht haben wir dieses Jahr endlich die Chance auf den ersten Platz.«

»Ja, das wäre toll«, sagte Sophie mit leuchtenden Augen. Seit Jahrzehnten fand in Oldenkirch das Heuballenfest statt, und Opa nahm, seit Sophie denken konnte, am Kürbiswettbewerb teil. Doch bisher war es ihm noch nie gelungen, den größten Kürbis der Stadt zu züchten, obwohl Sophie ihn in ihren Ferien immer tatkräftig unterstützte. Es machte ihr viel Freude, mit Opa die Kürbisse zu pflegen, den schwersten auszuwählen und dann beim Fest zu zittern, ob sie gewinnen würden. Vor zwei Jahren hatten sie die Idee gehabt, sich auch passend zu kleiden, mit Latzhosen, Mistgabeln und Strohhüten. Es war wirklich ein Riesenspaß. Hoffentlich gewannen sie dieses Mal!

Nach dem Abendessen saß Sophie noch lange mit ihren Großeltern zusammen und plauderte. Als sie schon auf dem Weg in ihr Bett war, wurde es plötzlich unruhig in der Straße. Autos hupten, ein paar Leute riefen durcheinander. Sophie stürzte zum geöffneten Küchenfenster, um zu sehen, was da draußen vor sich ging.

Ihr blieb der Mund offen stehen, als sie eine schwarze Limousine entdeckte, die von mehreren Autos und Männern mit Fotoapparaten umzingelt war. Als sich die Tür der Limousine öffnete, blitzten sämtliche Fotoapparate auf. Eine schlanke blonde Frau stieg aus. Sophie erkannte sie sofort. Es war Dana van Norden, Hollys Mutter. Sophie musste daran denken, dass Holly am Nachmittag erzählt hatte, ihre Mutter käme bald nach Hause. Es war wohl doch später geworden, und fast tat Holly Sophie ein bisschen leid.

Die Reporter belagerten Dana van Norden, versperrten ihr den Weg zum Haus und bombardierten sie lauthals mit Fragen:

»Frau van Norden, wie gefällt es Ihnen in Oldenkirch?«

»Wie läuft die Zusammenarbeit mit Ole Leipold?«

»Stimmt es, dass Sie einen neuen Lover haben?«

Dana van Norden lächelte in die Kameras, sagte aber kein Wort. Ein breitschultriger Typ kam ihr zu Hilfe und manövrierte sie durch das Getümmel bis zum Gartentor, hinter dem ein Dienstmädchen stand und es schnell öffnete, als die beiden es erreicht hatten. Dana van Norden schlüpfte durch, der Bodyguard schob die Reporter zurück und schloss lautstark das Tor. Ein Sichtschutz wurde angebracht, sodass man das Grundstück nicht einsehen konnte.

Enttäuscht zogen die Fotografen davon. Nach wenigen Minuten hatte sich die Menschenansammlung aufgelöst, nur zwei Wagen blieben vor der Villa stehen und hielten die Stellung.

»Ich habe dir ja gesagt, mit der Ruhe ist es hier jetzt vorbei«, hörte Sophie ihre Oma hinter sich sagen.

Kapitel 5

Am nächsten Morgen stand Sophie lange vor ihrem Koffer, den sie noch immer nicht ausgepackt hatte, und überlegte, was sie anziehen sollte. Schließlich entschied sie sich für einen Jeansrock, eine weiße Bluse mit einer dünnen Rüschenleiste und Sandalen. Sie kämmte ihr Haar besonders ordentlich und war mit ihrem Anblick im Spiegel recht zufrieden.

Nach dem Frühstück sah sie ihrem Großvater ein wenig beim Malen zu. Er hatte vor ein paar Jahren die Liebe zu Malen nach Zahlen entdeckt und seine *Gemälde* schmückten nun das gesamte Haus. An der Treppe hingen Mohnblumenfelder neben schlafenden Hundebabys und Forellenteichen. Heute malte Opa sorgfältig die Konturen der Pyramiden von Gizeh nach, und Sophie durfte ihm helfen, die kleinen Farbtöpfe zu sortieren.

»Wollen wir in den nächsten Tagen zum Gartencenter fahren?«, fragte Opa irgendwann. »Es gibt da diesen neuen Dünger, den ich ausprobieren möchte. Der soll in den letzten Tagen noch mal für wahre Wunder sorgen.«

Sophie nickte. »Klar.«

»Wir wollen doch gewinnen, Erbse, oder?« Freudig rieb sich Opa seine faltigen Hände und Sophie nickte zustimmend.

Gegen 11 Uhr stapfte sie zu Holly rüber. Eigentlich hatte sie gar keine Lust, aber Oma fragte am Vormittag dreimal, wann sie denn nun gehen würde, schließlich dürfe man so eine Einladung nicht ausschlagen. Sophie war sich nicht sicher, ob sie wieder den Durchgang in der Hecke nehmen sollte, doch nach dem Aufruhr gestern Abend auf der Straße entschied sie sich dafür. Schließlich wollte sie nicht vor irgendein Kameraobjektiv geraten.

Als sie den Garten der van Nordens betrat, wusste sie, dass es ein Fehler gewesen war, die Hecke zu benutzen. Auf einer Liege unter dem alten Apfelbaum, in dem Sophie früher gerne herumgeklettert war, lag Dana van Norden. Im Bikini. Wie peinlich! Sophie überlegte, ob sie schnell wieder umkehren und doch das Gartentor nehmen sollte, als Hollys Mutter auch schon hochblickte. Sie zog die Stirn in Falten und sah Sophie skeptisch an. Sophies Hände wurden ganz feucht. Bestimmt war Frau van Norden nicht begeistert, wenn man einfach so durch ihren Garten lief.

»Oh, tut mir leid, ich bin schon wieder weg«, rief Sophie und drehte sich zur Hecke. Bloß weg hier!

»Warte«, hielt die Schauspielerin sie auf und erhob sich von der Liege. Die Falten auf ihrer Stirn legten sich. »Du musst die kleine Sophia sein. Holly hat mir von dir erzählt.«

»Sophie. Ich heiße …«, stotterte Sophie. Es war ganz schön aufregend, plötzlich jemandem gegenüberzustehen, den man nur aus dem Fernsehen kannte. Und der noch dazu so toll aussah.

»Entschuldige. Sophie, natürlich.« Hollys Mutter hielt ihr die Hand hin. »Ich bin Dana.«

Schüchtern ergriff Sophie die Hand. »Freut mich.«

»Ihr wolltet heute was zusammen machen, nicht wahr?«, fragte Frau van Norden.

»Ähm, ja«, stammelte Sophie. »Holly hat gesagt, ich soll rüberkommen. Wo ist sie denn?«

»Sie ist im Haus. Geh einfach rein. Erster Stock, linke Tür.«

Sophie lächelte. Hollys Mutter war netter als erwartet. Immerhin. »Danke. Auf Wiedersehen, Frau van Norden, und einen schönen Tag.«

Hollys Mutter lachte laut auf. »Oh, bitte, nenn mich Dana. Sonst fühle ich mich so alt.«

Sophie nickte schüchtern und ging zum Haus, obwohl sie noch immer am liebsten umgekehrt wäre. Aber sie spürte Danas Blicke im Rücken und wusste, dass auch Oma enttäuscht wäre, wenn sie Holly nicht noch eine Chance gegeben hätte.

Sie fühlte sich wie ein Eindringling, als sie durch die geöffnete Haustür trat. Was, wenn sie jetzt jemandem über den Weg laufen würde? Sophie holte tief Luft und steuerte auf die Treppe zu, die direkt im Flur nach oben führte. Lautlos huschte sie hoch und klopfte zaghaft an die erste Tür links.

»Ja?«, hörte sie Hollys Stimme.

»Hier ist Sophie«, antwortete sie leise, und schon schwang die Tür auf.

»Hey, da bist du ja. Komm rein!« Holly schien sich wirklich über ihren Besuch zu freuen. Sophies Laune besserte sich ein wenig. Vielleicht hatte Holly doch eine nette Seite.

Sie trat ein und schaute sich in dem Zimmer um. Es war nicht übermäßig groß, aber sensationell eingerichtet. Eine Wand war lila, eine andere grau gestrichen, die Möbel waren glänzend weiß und sehr chic. Sophie dachte an ihr eigenes Zimmer. Das hatte sie zwar letztes Jahr umgeräumt und den Großteil der Kindersachen verkauft, aber so erwachsen wie hier war es bei Weitem nicht. Holly hatte sogar einen eigenen Fernseher. Ein riesiger, brandneuer Flatscreen, was sonst. In einer Ecke stapelten sich einige Umzugskartons. Offenbar war Holly gerade dabei, die auszupacken.

»Schön hier!« Sophie begutachtete unauffällig die Bücher, die auf einem der Regale standen. Überwiegend englische Titel, von denen sie noch nie etwas gehört hatte, und einige DVDs. Darunter waren drei Filme, in denen Fintan Goldstein die Hauptrolle spielte. Fintan Goldstein war der Sohn eines berühmten Schauspielers und spielte, seit er fünf Jahre alt war, in jedem zweiten Kinofilm mit. Mittlerweile war er vierzehn und der Schwarm aller Mädchen. Auch Sophie war ein Riesenfan von ihm und hatte in ihrem Zimmer zu Hause sogar ein Poster von ihm aufgehängt.

»Magst du Fintan Goldstein?«, fragte sie.

Hollys Augen begannen zu leuchten. »Fintan ist der Beste!«

Sophie nickte aufgeregt. »Ich finde ihn auch toll! Am coolsten war sein letzter Film, in dem er diesen Werwolf gespielt hat.«

»Ja, der war klasse.« Holly warf ihre Haare zurück. »Dana ist schon seit Ewigkeiten mit Fintans Vater Boris befreundet, aber weil wir so lange in den Staaten gelebt haben, haben wir es nie geschafft, uns auch mal mit Fintan zu treffen. Ich habe ihn das letzte Mal gesehen, als wir noch Kleinkinder waren, und da waren wir beste Freunde.«

Sophie staunte. Holly kannte wahrscheinlich noch eine ganze Menge mehr berühmter Leute.

»Hier will ich noch ein Plakat von ihm aufhängen.« Holly trat vor die graue Wand neben dem Bett. »Und daneben sollen noch ganz viele private Sachen hin. Zeitungsartikel und so. Das zeige ich dir dann. Und schau mal, wenn ich mich aus dem Fenster beuge, kann ich euer Haus sehen.« Holly öffnete das Fenster und Sophie trat zu ihr. Gemeinsam schauten sie zum Haus von Sophies Großeltern hinüber.

»Wo ist denn dein Zimmer?«

Sophie deutete mit dem Finger auf das kleine Dachfenster. »Da oben.«

»Cool, dann können wir uns ja sehen.« Holly strahlte, und Sophie wunderte sich, dass sie heute so *normal* war. Doch schon zog Holly sie am Arm weiter.

»Meine Mutter hat erlaubt, dass wir in ihr Ankleidezimmer gehen.« Sie schaute Sophie triumphierend an und schob sie dann über den Flur drei Türen weiter. Währenddessen erklärte sie: »Hier ist das Gästezimmer. Da wohnt Minnie, wenn sie bei uns ist, oder halt Besuch. Hier ist das Gästebad. Ich habe mein eigenes auf der anderen Seite. Und hier ist das Ankleidezimmer, dahinter das Schlafzimmer meiner Mutter, ihr Bad und ihr Arbeitszimmer. Oben sind dann die Räume für die Angestellten und unten Küche, Wohnzimmer, Speisesaal und so. Aber nun, voilà …« Sie öffnete die Tür und die beiden Mädchen standen in einem riesigen Raum voller Kleidung.

Sophie war sich sicher, dass sie noch nie so viele Schuhe, Hosen, Röcke, Abendkleider und Taschen auf einmal gesehen hatte. Nicht mal in dem teuren Kaufhaus in ihrer Stadt. Edle

Stoffe in allen Farben leuchteten ihr entgegen, und Sophie wusste kaum, wo sie zuerst hinschauen sollte.

Holly stürzte auf die Abendkleider zu, wählte zwei aus und legte sie vorsichtig auf die Sitzbänke in der Mitte des Raumes.

»Hier, das würde dir bestimmt gut stehen. Hat genau die Farbe deiner Augen.« Holly deutete auf das dunkelgrüne Kleid, das aufwendig mit Pailletten und Glitzersteinchen verziert war. »Los, zieh es an. Dana hat es erlaubt.«

»Wieso nennst du deine Mutter eigentlich beim Vornamen?«, wunderte sich Sophie.

»Alle machen das!« Holly zuckte kurz mit den Schultern und wandte sich wieder den Kleidern zu. »Ich nehme das hier. Das hatte sie nämlich letztens bei einer Gala an. Hast du die Bilder in den Zeitungen gesehen?«

Sophie schüttelte den Kopf. Die Kleider waren so schön und so edel, dass sie sich kaum traute, sie auch nur anzufassen. Doch Holly warf schon ihr T-Shirt und ihre Hose in die Ecke und schob sich das graue Kleid über die Schultern. Es war zwar viel zu lang und zu weit, sah aber trotzdem wunderschön aus.

»Das da drüben hat Chiara Poletti extra für Dana geschneidert.« Holly deutete auf ein rosafarbenes Kleid mit langer Schleppe. »Sie wird es bei der nächsten Oscar-Verleihung tragen. Der Wahnsinn, oder?«

Sophie kannte sich mit Mode so gar nicht aus, nickte aber dennoch, auch wenn sie dieses Kleid für etwas überkandidelt hielt.

»Dann ist da noch ein Kleid, das Gretchen Young gehört hat, diese Schauspielerin aus den 50ern. Kennst du doch. Dana hat es ersteigert. Bei Sotheby's.« Holly plapperte und plapperte und Sophie verstand nur die Hälfte.

Langsam zog nun auch Sophie ihre Bluse aus und griff sich das Kleid, das Holly für sie bereitgelegt hatte. Als sie es über Arme und Kopf zog, verhedderte sie sich in den Unterröcken, doch Holly kam ihr zu Hilfe, und als die beiden kurz danach vor dem großen Spiegel standen, traute Sophie ihren Augen nicht. Sie sah toll aus!

»Hier, zieh die Schuhe an. Und schau mal, die Handtasche würde super passen. Und noch eine Kette gefällig? Warte, wir binden dein Haar hoch.«

Sophie wusste gar nicht, wie ihr geschah. Holly wirbelte um sie herum, steckte abwechselnd ihr und sich selbst Diademe ins Haar und setzte Hüte auf den Kopf, legte Samttücher um den Hals und verzauberte sich und Sophie nach und nach in wahre Märchenprinzessinnen.

»Haha, hier hängen wohl mehr Ballkleider, als Oldenkirch in den letzten 500 Jahren gesehen hat, meinst du nicht?«, sagte Holly irgendwann. »Ist dir mal aufgefallen, wie die Leute hier rumlaufen? So was von hinterwäldlerisch.« Sie rollte theatralisch mit den Augen. Sophie schluckte.

»Na ja, das sind halt alles Bauern hier. Kein Wunder, dass das hier der reinste Latzhosen-Catwalk ist.« Holly lachte laut über ihren eigenen Witz.

Sophie bemühte sich, ihre Mundwinkel nach oben zu ziehen, war sich aber nicht sicher, ob ihr das richtig überzeugend gelang. Sie fand die schönen Kleider, die sie eben probiert hatten, ja auch toll. Aber war es denn wirklich so wichtig, was man anzog? Was würde Holly wohl erst zu dem Heuballenfest sagen?

»Nun sieh sich einer diese beiden Sternchen an«, erklang plötzlich eine Stimme von der Tür, noch ehe Sophie ihren Gedanken zu Ende führen konnte. Hollys Mutter war in den Raum getreten und lachte. Sophie schaute ein wenig beschämt zu Boden. Es war ihr unangenehm, dass sie Dana van Nordens Kleid trug.

»Holly, hast du deiner Freundin schon von der Party erzählt?« Dana nahm ein kurzes schwarzes Kleid vom Bügel und suchte nach passenden Schuhen.

»Oh Sophie, du musst unbedingt kommen! Ich habe am 28. Geburtstag und es gibt ein riesiges Fest im Garten mit Barbecue, einem DJ und ganz vielen Leuten. Das wird super! Kommst du?«Holly schaute sie mit großen Augen an.

»Ja klar, gerne. Danke für die Einladung.« Ehe sie noch mehr dazu sagen konnte, plauderte Dana weiter.

»Und was haltet ihr davon, wenn wir drei uns nächste Woche einen schönen Mädchennachmittag machen? Ich habe zwei drehfreie Tage, und da könnten wir uns für die Party neue Outfits zulegen und uns etwas aufhübschen lassen. Friseur, Maniküre und so. Ja?«

Holly jubelte und Sophie zwang sich zu einem Lächeln. Sie hasste Friseurbesuche. Und Maniküre? Was war das noch?

»Habt ihr Lust, mit mir noch eine Kleinigkeit essen zu gehen? Ich muss erst in zwei Stunden am Set sein. Ich könnte Manuel anrufen, dass er uns in einer halben Stunde abholt.«

»Meine Großeltern rechnen zum Mittagessen mit mir. Wir wollten nachmittags einen Ausflug machen.«

Dana griff sich nun noch eine Handtasche und wendete sich mit den Sachen auf dem Arm zum Gehen. »Dann ein anderes Mal vielleicht. Holly, wir treffen uns gleich unten, ja? Wenn du willst, komm doch mit zum Set. Emilio freut sich bestimmt, dich zu sehen.«

»Ja klar.« Holly klang nicht richtig begeistert. Als Dana draußen war, fragte Sophie:

»Wer ist denn Emilio?«

Holly, die sich vorsichtig aus dem Abendkleid schälte, antwortete: »Keine Lust, darüber zu reden. Vielleicht ein anderes Mal.« Ihr Blick war frostig. »Sehen wir uns morgen?«, fragte sie dann aber noch.

»Ja, komm einfach rüber«, antwortete Sophie scheu und fing ebenfalls an, sich umzuziehen.

Kapitel 6

»Ich habe groß-ar-ti-ge News!« Holly betonte jede Silbe einzeln und riss die Augen weit auf. Ein paar Blätter hatten sich in ihrer schicken Strickjacke verfangen. Holly bemerkte sie und pflückte sie vorsichtig heraus. »Wir müssen den Durchgang breiter machen. Meine schönen Sachen gehen ganz kaputt.«

»Nimm doch die Tür«, entgegnete Sophie. Sie saß am Gartentisch vor einem riesigen Berg Kirschen, den sie am Vormittag mit ihren Großeltern geerntet hatte. Vorsichtig schnitt sie die Früchte in Hälften.

»Auf keinen Fall. Hast du denn all die Fotografen nicht gesehen? Denkst du etwa, die interessieren sich ausschließlich für meine Mutter?« Holly seufzte gespielt genervt und ließ sich neben Sophie auf die Holzbank fallen. »Nun aber zu meinen News. Weißt du, wer zu meiner Party kommt?«

Sophie zuckte mit den Schultern. Nahm das mit den Kirschen denn nie ein Ende? »Keine Ahnung, wirklich.«

»Rate!«

»Der Kaiser von China.«

»Sehr lustig. China hat seit über hundert Jahren keinen Kaiser mehr. Rate richtig.«

»Hmmm …« Sophie überlegte kurz. Aber woher sollte sie wissen, von wem Holly sprach? Sie kannte ihre Freunde ja nicht. Außerdem war sie langsam wirklich von diesen Kirschen genervt. Jetzt hatte sie sich auch noch in den Finger geschnitten.

»Okay, ich gebe dir einen Tipp.« Holly schien es kaum auszuhalten, ihre Neuigkeit loszuwerden. »Wer ist der tollste Junge überhaupt?«

»Was weiß ich. Kannst du mir nicht helfen? Ich habe mich geschnitten.« Sophie inspizierte ihren Finger. »Ich schaffe das alleine nie.«

»Gleich. Was machst du da überhaupt?«

»Kirschen halbieren und entsteinen.« Der Finger blutete und Sophie schob ihn in den Mund.

»Warum?« Holly sah sie entgeistert an.

»Weil Oma Kirschmarmelade kochen will.«

»Marmelade kochen?« Es schien, als ob Holly die Welt nicht mehr verstand. »Wieso lässt sie sich nicht welche schicken? Die aus Belgien zum Beispiel. Dana bekommt regelmäßig Pakete von dort.«

»Warum sollte man sich Marmelade aus Belgien schicken lassen, wenn man drei Kirschbäume im Garten hat und die Marmelade selber kochen kann?« Der Finger hatte aufgehört zu bluten, und Sophie fuhr fort, die Kirschen zu halbieren. »Außerdem …« Sophie schaute kurz auf, verstummte dann aber. »Ach, schon gut.«

»Hm, okay. Also, der coole Junge, der zu meiner Party kommt, ist … Achtung … Fintan Goldstein!«, posaunte Holly nun heraus und baute sich mit stolzgeschwellter Brust vor Sophie auf. Der blieb der Mund offen stehen. Sie war auf eine Party eingeladen, zu der Fintan Goldstein kommen würde! Das würde ihr keiner glauben.

»Da fällt dir nichts mehr ein, was?« Holly grinste breit und nahm sich eine Kirsche. Sie biss genüsslich hinein. »Sein Vater Boris hat eine Gastrolle in *Küss mich, Liebling*, darum sind er und Fintan an meinem Geburtstag hier. Ist das nicht fantastisch?«

»Sehr!«, musste Sophie zugeben. In ihrem Bauch kribbelte es.

»Sind die Kirschen fertig?«, rief Oma aus dem Haus.

Sophie schaute auf die noch immer volle Schüssel ganzer Kirschen und die nicht mal halb volle Schüssel entsteinter Kirschen. »Gleich!«, log sie und hielt Holly das zweite Messer hin. »Hilf mir jetzt mal, bitte.«

Holly rückte skeptisch zu Sophie auf. »Ich mach mir sicher mein Kleid schmutzig.«

Sophie legte ihr sorgsam ein Küchenhandtuch über den Schoß. Die Mädchen sahen sich an und lachten.

Als Sophies Oma eine Viertelstunde später in den Garten kam, um endlich ihr Obst für die Marmelade zu holen, hatten die Mädchen zwar die ganze Zeit nur über die Party und über Fintan geredet, waren aber ganz nebenbei auch mit den Kirschen fertig geworden.

»Vielen Dank, die Damen«, sagte Oma. »Holly, wenn du magst, kannst du nachher ein Glas mitnehmen.«

Unsicher fuhr sich Holly mit der Hand über das Gesicht. »Also, wir bekommen unsere …«

»Die ist echt lecker«, unterbrach sie Sophie. »Kann mit eurer belgischen ganz bestimmt mithalten.«

»Ach, in eurem Garten gab es früher so einen schönen Quittenbaum«, sagte Oma und schaute sehnsüchtig auf das Nachbargrundstück. »Leider ist der nun weg. Daraus habe ich jedes Jahr Gelee gekocht. Ich muss mal schauen, ich glaube, in der Speisekammer ist noch ein Glas.« Sie nahm die Schüsseln und ging ins Haus.

»Ja, das war toll früher da drüben bei euch«, sagte Sophie.

»Wie denn?« Holly versuchte, einen kleinen Kirschfleck von ihrem Kleid zu wischen.

»Na ja, der Garten war ganz verwildert, überall standen Obstbäume und ich hatte meine Höhle. Da habe ich gepicknickt.«

Holly hatte es aufgegeben, den Fleck entfernen zu wollen. »Aber wir können doch auch so picknicken. Gleich morgen, wenn du willst.«

»Nee, in der Höhle war das was anderes als auf einem glatt gemähten Rasen. Viel gemütlicher und irgendwie auch abenteuerlich. So wie zelten im Garten«, schwärmte Sophie.

»Zelten im Garten?«, fragte Holly skeptisch.

»Klar. Das mache ich immer hier. Natürlich in unserem Garten, nicht in eurem. Das ist toll. Mach doch mit! Die Nächte sind gerade so schön warm.«

»Ich weiß nicht. Ich habe noch nie gezeltet.«

»Ehrlich?« Sophie konnte das kaum glauben. »Das Wetter soll in ein paar Tagen schlechter werden. Angeblich kommt Regen. Willst du morgen mit mir hier im Garten zelten?«

Als Holly nicht gleich antwortete, fügte Sophie hinzu: »Du kannst ja, wenn es dir nicht gefällt, zu euch ins Haus gehen. Außerdem können wir Opa fragen, ob er ein Lagerfeuer macht. Dann können wir Würstchen und Stockbrot grillen.«

Holly schaute etwas ratlos aus der Wäsche. »Und worauf soll

ich schlafen? Ist das nicht sehr ungemütlich?«, fragte sie mit gekräuselter Nase.

»Wir nehmen zwei Luftmatratzen, Schlafsäcke, falls es doch kühler wird, und mehr brauchen wir nicht. Ein Zelt haben wir im Schuppen. Das ist groß genug, da passen wir beide rein.«

»Hm, ja, okay«, sagte Holly zögerlich. »Morgen dann.«

Und somit stand der Plan. Sophies Oma versäumte es auch nicht, Holly zum Abschied ein Glas warme Kirschmarmelade mitzugeben. Und das Glas Quittengelee hatte sie auch noch gefunden.

Kapitel 7

Am nächsten Nachmittag klingelte Holly am Gartentor der Familie Rauch.

»Was denn? Ich denke, du willst von den Paparazzi nicht erwischt werden«, begrüßte Sophie sie. Dann fiel ihr Blick auf Hollys Gepäck und sie verstand. All das hätte niemals durch ihren Durchgang gepasst. Neben Holly standen ein metallener Rollkoffer und eine riesige Papiertüte mit dem Aufdruck eines Outdoor-Fachgeschäfts.

»Hilf mir lieber«, entgegnete Holly und hievte den Koffer über die Stufe. Sophie griff die Tüte und trug sie wortlos durchs Haus auf die Terrasse.

»So«, schnaufte Holly. »Ich hoffe, ich habe nichts vergessen.«

»Wir zelten *eine* Nacht. Was hast du denn alles dabei?« Sophie sah Holly verwirrt an.

Holly ließ den Koffer auf die Seite fallen, öffnete ihn und fing an, den Inhalt auf dem Boden zu verteilen. »Meine Kosmetiktasche, einen Bademantel, zwei Handtücher, Wechselwäsche, Pyjama, meine Kamera, mein Handy und ein Radio.« Dann öffnete sie die Papiertüte: »Dana hat ihren Fahrer dann noch das alles hier besorgen lassen: einen Schlafsack, eine aufblasbare Matratze samt Pumpe. Keine Ahnung, wie das funktioniert. Dann ein zusammenfaltbares Kopfkissen, eine Taschenlampe mit Dynamo und ein Fernglas. Meinst du, das reicht? Brauche ich auch noch was zum Grillen? Es gab da wohl noch dieses Campinggeschirr … Ich könnte Manuel noch mal anrufen.«

Sophie musste lachen, als sie das Mädchen zwischen dem Berg an Sachen sitzen sah. »Ein Schlafanzug hätte gereicht. Alles andere haben wir da.«

Holly schaute irritiert auf. »Manuel sagte, dass das nur die Grundausrüstung für einen Campingausflug ist.«

»Ja, aber wir zelten ja nur im Garten. Schau mal, Opa hat das Zelt schon aufgebaut.« Sophie deutete auf die windschattige Ecke im Garten. Unter dem alten Apfelbaum stand ein kleines, rotes Zelt.

»Oh«, machte Holly und schaute auf ihre Errungenschaften hinab. Dann schnappte sie sich die aufblasbare Matratze und schleppte sie zum Zelt. »Meinst du, die passt da rein?«

Die beiden Mädchen falteten das blaue Ungetüm auseinander und mussten feststellen, dass die Matratze viel zu groß für das winzige Zelt war.

»Nicht so schlimm. Da liegen schon zwei aufgeblasene Luftmatratzen drin. Das geht auch.« Sophie öffnete den Reißverschluss und Holly steckte vorsichtig ihren Kopf ins Innere des Zelts. Zwei bunte Luftmatratzen lagen auf dem Boden. »Da legen wir Bettlaken drauf, und das war's«, erklärte Sophie.

»Aber meinen Schlafsack kann ich immerhin benutzen«, stellte Holly erleichtert fest.

»Im Prinzip schon, aber sonderlich kalt soll es heute eigentlich nicht werden. Der hier ist ziemlich dick.« Sophie sah, dass ihre neue Freundin enttäuscht war. »Aber die Taschenlampe können wir sicherlich gut gebrauchen. Meine ist kaputt, weißt du. Schau mal, Opa macht gerade das Lagerfeuer.«

Holly war anfangs etwas skeptisch, als sie den Stockbrotteig um einen angespitzten Ast wickeln sollte, doch schon bald machte ihr das Grillen richtig Spaß. Sie verdrückte drei große Würstchen, nahm sich mehrmals von Omas hausgemachtem Kartoffelsalat nach und hielt gerade noch einmal einen Ast mit Teig über das Feuer.

»Hast du die Marmelade schon probiert?«, fragte Sophies Oma und Holly nickte heftig.

»Ja, sehr lecker. Die kann mit der belgischen wirklich mithalten.«

Frau Rauch lächelte breit. »Das freut mich. Dieses Jahr sind die Kirschen besonders gut. Ich hoffe, dass ich mit meiner Marmelade einen Preis gewinne.«

Holly schob die Augenbrauen zusammen. »Was für einen Preis?«

»In Oldenkirch gibt es jeden Sommer das Heuballenfest. Das ist ein großes Landwirtschaftsfest mit Markt, Traktorschau und vielen Wettbewerben. Ich nehme jedes Jahr am Marmeladen-Wettbewerb teil. Leider ist die alte Frau Gießen immer besser als ich.« Omas Stirn legte sich in Falten. »Mal sehen, wie es dieses Jahr wird. Na, und Sophie und ihr Opa …«

»Ich glaube nicht, dass Holly das interessiert«, fiel ihr Sophie hastig ins Wort. Doch Holly hatte zum Glück nicht richtig zugehört, sondern plapperte schon weiter: »In Amerika gibt es in Kleinstädten auch solche Wettbewerbe: der beste Apple Pie, das beste Steak … Ich finde das ein bisschen albern.«

Oma warf ihr einen pikierten Blick zu und Sophie atmete tief durch. Wie peinlich wäre es gewesen, wenn Holly davon erfahren hätte, dass sie und ihr Opa jedes Jahr im Wettbewerb um den größten Kürbis von Oldenkirch antraten – und das auch noch verkleidet!

»Wir wohnen seit drei Jahren wieder in Deutschland. Die meiste Zeit bin ich aber im Internat in der Schweiz«, erzählte Holly gerade. Damit Oma ja nicht auf die Idee kam, noch mal die Sprache auf die Kürbisse zu bringen, fragte Sophie: »Wie ist es da eigentlich?«

»Im Internat? Ganz gut. Wir sind in einem alten Schloss untergebracht. Es ist leider ein reines Mädcheninternat. Aber die Tochter eines wichtigen Politikers ist ein Jahr über mir. Und noch ein, zwei andere Töchter von berühmten Leuten. Aber das darf ich eigentlich nicht verraten.«

Oma sah das Mädchen nachdenklich an. »Fühlst du dich da wohl?«

»Klar«, sagte Holly wie aus der Pistole geschossen. Irgendetwas in ihren Augen sagte Sophie, dass das vielleicht nicht so ganz stimmte. Auch Oma schien das zu merken, denn sie nickte leicht und lenkte dann auf ein anderes Thema um: »Wie gehen denn die Dreharbeiten voran?«

»Prima. Ich war gestern am Set. Da wurden gerade Nachtszenen gedreht.«

Nun schaltete sich auch Sophies Opa ein: »Was ist das noch für ein Film, den deine Mutter da dreht?«

»*Küss mich, Liebling* heißt der. Ein Liebesfilm. Ole Leipold führt Regie. Kennen Sie den?«

Opa schüttelte den Kopf.

»Ach Karl, von dem haben wir doch schon ganz viele Filme gesehen.« Oma verdrehte die Augen. »*Bis zum letzten Tag* zum Beispiel. Oder *Liebe auf Umwegen*.«

Opa zuckte mit den Schultern. »Ich kann mich nicht erinnern. Aber Holly, erzähl doch mal, worum es da geht.«

»Meine Mutter spielt eine Frau, die ein Restaurant erbt, aber keine Ahnung vom Kochen hat. Trotzdem muss sie das Restaurant weiterbetreiben. Das steht so im Testament. Und dann verliebt sie sich in den Koch, der anfangs total unfreundlich war und sie rausmobben wollte.«

»Kommt mir irgendwie bekannt vor«, sagte Opa und kratzte sich nachdenklich am Hinterkopf. »Ist das eine Neuverfilmung?«

Oma gab ihm einen sanften Klaps. »Karl, jetzt hör aber mal auf. Will noch jemand ein Würstchen?«

Kapitel 8

Eine Stunde später lagen Sophie und Holly in ihrem Zelt. Lange sagten sie nichts. Sophie glaubte schon, dass Holly eingeschlafen war, als diese sich aufrichtete und geistesabwesend an ihren Haaren zupfte. »Deine Großeltern sind echt nett«, sagte sie leise.

Sophie musste lächeln. Ja, das waren sie wohl. Sie genoss die Zeit bei den beiden immer sehr. »Hast du noch Großeltern?«, fragte sie.

»Dana hat den Kontakt zu ihrer Familie abgebrochen. Aber ich habe meine Granny in Kalifornien. Die sehe ich aber nicht mehr oft. Sie hat Angst vorm Fliegen und ich bin ja nur noch selten in Amerika.«

»Ist das die Mutter von deinem Vater?«

»Ja. Als wir in Hollywood gewohnt haben, war ich oft bei ihr. Immer, wenn Dana und Colin gearbeitet haben. Das war eine tolle Zeit.«

»Wie oft sieht du deinen Vater eigentlich?«

»Etwa zweimal im Jahr. Meistens fliege ich zu Weihnachten rüber und im Sommer noch mal. Wenn er Zeit hat und nicht gerade im Studio steht oder auf Tour ist.«

»Wie ist das denn, so berühmte Eltern zu haben?«, fragte Sophie vorsichtig.

»Cool, wie denn sonst?« Sophie entging die Spur Bitterkeit nicht, die in Hollys Stimme lag.

»Auch wenn du sie so selten siehst?«

Holly seufzte. »Na ja, manchmal vermisse ich Dad schon. Er hat eine neue Frau. Seitdem ist es noch schwieriger. Aber wir skypen. Und er kommt zu meinem Geburtstag, ist das nicht großartig?«

Sophie nickte, obwohl sie sich kaum vorstellen konnte, wie es war, den eigenen Vater hauptsächlich am Bildschirm zu sehen. »Und wie ist das mit deiner Mutter?«

»Puh. Dana arbeitet viel. Aber wenn sie Zeit hat, versuchen wir die so gut wie möglich zusammen zu nutzen. Aber jetzt ist sie zum Beispiel gerade frisch mit Emilio zusammen. Den sieht sie natürlich auch oft.« Holly verstummte, und Sophie spürte, dass sie nicht weiter darüber reden wollte.

»Sollen wir nach Sternschnuppen schauen?«, schlug sie vor.

Die Mädchen kletterten aus dem Zelt, legten sich rücklings in den Rasen davor und schauten in den Himmel.

»Glaubst du, dass Sternschnuppen Wünsche erfüllen?«, fragte Holly.

»Klar«, antwortete Sophie. »Und du?«

»Weiß nicht.«

Wieder entstand eine Pause. Sophie schaute lange in den Himmel und war wie immer fasziniert, wie viele Sterne man hier sehen konnte. In der Großstadt sah man kaum etwas vom Himmel. Und Sternschnuppen so gut wie nie.

»Wie sind denn deine Eltern so?«, fragte Holly irgendwann.

Sophie drehte den Kopf zur Seite und sah Holly lange an. Was sollte sie schon sagen? Ihre Familie konnte mit der von Holly nicht mithalten, das war klar. »Ganz normal«, sagte sie daher. »Langweilig.«

»Das glaube ich nicht.«

»Doch. Genauso langweilig wie ich.«

Holly stützte sich auf. »Wer sagt denn, dass du langweilig bist?«

»Im Vergleich zu dir bin ich das.«

»Hm«, machte Holly und schob sich den Arm unter den Kopf.

Es entstand eine lange Pause, in der keine von ihnen redete. Sophie musste an das Gespräch am Lagerfeuer denken und an das anstehende Heuballenfest. Holly in ihrer schillernden Luxuswelt würde sich kaputtlachen über die Kostüme, die sie und ihr Opa trugen. Vielleicht fände sie es so albern, dass sie Sophie nicht mehr zur Freundin haben wollte. Vielleicht würde sie sie sogar von ihrer Party ausladen, wenn sie erführe, dass Sophie sich als Farmerjunge verkleidete. *Latzhosen-Catwalk* hatte Holly Oldenkirch genannt. Oje …

»Hast du sie gesehen?«, fragte Holly irgendwann aufgeregt.

»Wen?« Sophie war total in Gedanken versunken gewesen.

»Na, die Sternschnuppe!« Holly hatte sich hektisch aufgesetzt.

»Nein«, sagte Sophie enttäuscht. »Hast du dir was gewünscht?«

Holly erschrak. »Oh nein, das hab ich ganz vergessen. Kann ich mir nachträglich noch was wünschen?«

»Nee, das muss man machen, wenn man sie sieht.«

»Mist. Dann bleiben wir jetzt so lange hier sitzen, bis wir noch eine gesehen haben.« Holly lehnte sich entschlossen zurück.

»Was willst du dir denn wünschen?«

»Einen Laptop zum Geburtstag. Und ein neues Handy.« Es kam wie aus der Pistole geschossen.

»Ich glaube nicht, dass Sternschnuppen solche Wünsche erfüllen«, sagte Sophie skeptisch.

»Nein? Was denn dann?«

»Weiß nicht. Keine Sachen, die man irgendwo kaufen kann. Eher so ... na ja ... freundschaftliche Dinge. Dass sich jemand in einen verliebt oder so.«

»Wünschst du dir das?«, fragte Holly neugierig.

Sophie schüttelte lachend den Kopf. »Nein. Du?«

»Hm«, machte Holly. »Wenn sich Fintan in mich verlieben würde, fände ich das schon toll.«

Sophie musste grinsen. Diese Holly!

»Was würdest du dir denn wünschen?«, fragte Holly nun.

»Ich weiß nicht«, sagte Sophie, obwohl das nicht stimmte. Sie würde sich wünschen, dass das Heuballenfest ausfiel. Oder zumindest der Kürbiswettbewerb. Oder dass Opa plötzlich die Lust am Verkleiden verlieren würde. Sie unterdrückte ein Seufzen. Das traute sie sich natürlich nicht, Holly zu sagen. Angestrengt blickte sie in den Himmel.

»Ich habe eine Idee«, flüsterte Holly irgendwann.

»Was denn?«

»Na, ich habe den perfekten Wunsch für uns.«

»Welchen denn?« Sophie war sich nicht sicher, ob sie sich ihren Sternschnuppenwunsch von Holly diktieren lassen wollte.

»Da!«, rief Holly und Sophie schaute schnell zum Himmel. Gerade noch sah sie den hellen Lichtschweif am Horizont.

»Wir wünschen uns«, setzte Holly an, bevor Sophie auch nur

einen klaren Gedanken fassen konnte, »dass wir den besten Sommer unseres Lebens hier verbringen.«

Sophie musste grinsen. Mit diesem Wunsch war sie einverstanden.

»Und wenn noch etwas Wunschkraft übrig bleibt, wünsche ich mir einen Kuss von Fintan«, fügte Holly noch schnell hinzu.

Kapitel 9

»Was machen wir heute?«, fragte Holly, kaum dass Sophie die Augen aufgeschlagen hatte.

»Puh, ich weiß nicht.« Sophie rieb sich müde den Schlaf aus den Augen. Sie war erst spät in der Nacht eingeschlafen, weil Holly sich ständig von einer Seite auf die andere gewälzt hatte. »Ich glaube, meine Großeltern wollten irgendwo mit mir hin.« Natürlich wusste sie ganz genau, was heute auf dem Programm stand, aber das wollte sie Holly nicht sagen.

»Ach … wohin denn?«

»Na, die haben irgendeinen Ausflug geplant.« Das war nur halb gelogen.

Holly verschränkte die Arme vor der Brust. »Und was mache ich dann?«

»Ich weiß nicht.« Sie konnte Holly unmöglich anbieten mitzukommen.

Holly öffnete den Mund und wollte gerade etwas sagen, als die Mädchen Schritte vor dem Zelt hörten.

»Klopf, klopf«, sagte Opa. »Seid ihr schon wach? Oma hat mich beauftragt, euch Frühstück zu bringen.«

Sophie öffnete den Reißverschluss des Zelts und streckte ihren Kopf hinaus. Opa trug ein Tablett mit frischen Brötchen, Aufschnitt, einem Schälchen mit Omas Marmelade und zwei

Bechern Kakao. Lecker! Er reichte ihr das Tablett und Sophie stellte es im Zelt auf dem Boden ab.

»Danke!«, riefen sie und Holly im Chor.

»Kein Problem«, antwortete Opa fröhlich und machte sich auf den Weg zurück zum Haus, sagte aber noch: »Sophie, denk dran, wir wollen in einer Stunde los zum Kostümgeschäft. Die haben heute nur bis mittags auf und wir fahren ein ganzes Stück.«

Sophies Ohren liefen rot an. »Ja okay«, sagte sie schnell und gleich darauf zu Holly: »Willst du ein Brötchen?«

»Hm, hm«, machte die. »Was wollt ihr denn beim Kostümverleih? Verkleiden ist doch was für Kinder!«

»Och.« Um Zeit zu schinden, schob sich Sophie ein riesiges Stück trockenes Brötchen in den Mund und kaute sorgsam darauf herum. »Mein Opa sammelt … ungewöhnliche Kopfbedeckungen.«

Holly blickte sie skeptisch an.

»Tja, ich weiß auch nicht. Komisches Hobby.« Waren bis eben nur Sophies Ohren rot angelaufen, so war es jetzt der gesamte Kopf. Warum fiel ihr in solchen Situationen einfach nichts Besseres ein?

»Echt komisch.« Holly begann, ihr Brötchen zu schmieren, und Sophie fragte, um das Thema zu wechseln: »Wie hast du denn geschlafen?«

Holly zog eine Schnute. »Na ja. Sonderlich komfortabel war es nicht. Ich benutze ja sonst nur diese Kopfkissen, die mit ganz besonderen Gänsedaunen aus der Schweiz gefüllt sind. Und die Luftmatratze … na ja. Aber es war trotzdem … nett.«

Als die Mädchen gefrühstückt hatten, gingen sie ins Haus,

um zu duschen und sich anzuziehen. Holly, die das erste Mal etwas länger im Haus von Sophies Großeltern war, schaute sich interessiert um. Sophie war das unangenehm. Ihre Großeltern liebten dunkle Eichenmöbel und dicke Orientteppiche, und das alles war bei Weitem nicht so schick wie die Einrichtung bei den van Nordens. Schnell zog sie Holly die Treppe hinauf in Richtung Bad. Doch auch das ging nicht so schnell, wie es Sophie gerne gehabt hätte. Holly musterte höchst interessiert Opas Malen-nach-Zahlen-Gemälde sowie die gerahmten Fotos, die an den Wänden des Treppenaufgangs hingen. Oma und Opa in Schwarz-Weiß bei ihrer Hochzeit, Papa als Baby, Sophie als Baby und schließlich, ganz oben am Treppenabsatz, Omas Sammlung der Preisbänder für Marmeladen und natürlich auch die Preisbänder für die Kürbisse. Sophie griff Hollys Arm und zog sie die letzten Stufen hinauf.

»Hee, nicht so schnell! Willst du, dass ich falle?« Holly funkelte sie an, übersah dabei aber glücklicherweise die letzten Fotos an der Wand.

»Tut mir leid. Da kannst du dich fertig machen«, sagte Sophie und schob sie Richtung Bad. »Ich hole mir oben neue Sachen.«

Als Holly die Badezimmertür hinter sich schloss, nahm Sophie ein Bild von der Wand. Darauf war sie mit Opa abgebildet. Oma hatte das Foto letztes Jahr bei der Preisverleihung des Landwirtschaftsfests geschossen. Sophie und ihr Opa standen neben einem riesigen Kürbis und nahmen gerade das Preisband für den 2. Platz entgegen. Das wäre nicht sonderlich schlimm gewesen, aber sie hatten sich als Farmer verkleidet und trugen beide Latzhosen, Karohemden und Strohhüte. Sophie schluckte. Letztes Jahr fand sie es so toll, mit Opa verkleidet über das

Fest zu laufen, und sie hatten viele Lacher dafür geerntet. Doch jetzt auf einmal vor Holly fand sie es ziemlich peinlich. Rasch ließ sie das Bild in der untersten Schublade der Flurkommode verschwinden.

»Ich wollte mir dieses Jahr vielleicht einen grauen Vollbart ankleben. So einen wie bei den Amish. Kennst du die? Das ist eine Glaubensgemeinschaft, die leben wie vor 300 Jahren.«

Sophie saß mit ihren Großeltern im Auto auf dem Weg zum Kostümgeschäft. Sie schaute aus dem Fenster und sagte nichts.

»Sophie?« Aus den Augenwinkeln sah sie, dass Opa ihr durch den Rückspiegel einen Blick zuwarf.

»Hm, hm«, machte sie.

»Und du brauchst einen neuen Strohhut, oder passt der vom letzten Jahr noch?«, fragte Oma nun.

Sophie schüttelte den Kopf.

Oma drehte sich um und sah sie prüfend an. »Alles in Ordnung?«

»Ja«, murrte sie kurz angebunden.

Als der Wagen eine halbe Stunde später vor dem Geschäft vorfuhr, in dessen Schaufenster mehrere Puppen alberne Kostüme trugen, war Sophie hin- und hergerissen. Noch letztes Jahr war es *das* Highlight des Urlaubs gewesen, neue Verkleidungen für das Heuballenfest auszusuchen. Sie hatten viele lustige Klamotten anprobiert, die teilweise gar nichts mit dem Fest zu tun hatten. Den ganzen Nachmittag hatten sie viel Spaß dabei gehabt, sich in Cowboys, Schlümpfe und Clowns zu verwandeln. Sophie erinnerte sich, dass sie Tränen gelacht hatte, als Opa in einem Spiegeleikostüm vor ihr stand, den passenden Schal in den Farben von gebratenem Speck um den Hals geworfen. Doch dieses Jahr war es irgendwie anders. Klar, sie fand es immer noch lustig, sich all die Sachen anzusehen, aber statt sich das alberne Pizzakostüm überzustreifen, befühlte sie den Stoff von einem schwarzen Petticoat mit weißen Tupfen. Sie dachte an Holly und fragte sich, welches Kleid sie wohl aussuchen würde. Und sie dachte an den Nachmittag, als sie in Danas Ankleidezimmer hatten stöbern dürfen. Und irgendwo zwischen kariertem Farmerhemd und glitzernden Abendkleidern war sie selbst, sie wusste nur nicht genau, wo.

»Schau mal«, rief Opa. »Das muss ganz neu sein.« Er hielt ein undefinierbares, gelb-grünes Riesenteil in die Luft.

Sophie sah ihn fragend an. »Was ist das?«

Opa lachte. »Eine Maiskolben-Verkleidung. Soll ich die anprobieren?«

Sophie musste lachen. »Nee, lass mal.«

»Es gibt auch Kürbiskostüme!« Oma kam um die Ecke geschossen und strahlte übers ganze Gesicht. »Wäre das nicht lustig? Opa als Farmer und Sophie als Riesenkürbis daneben?«

»Oder als Maiskolben!« Opa wackelte mit dem Maiskostüm.

Die beiden schütteten sich aus vor Lachen. Sophie hingegen blieb das Lachen im Hals stecken. Auf keinen Fall würde sie sich in einen Kürbis verwandeln. Und auch nicht in einen Maiskolben. Allein der Gedanke, wieder als Farmer über das Fest zu laufen, bereitete ihr Unbehagen. Was würde Holly bloß dazu sagen? Ob sie überhaupt zu dem Fest ging? Vielleicht schon, um sich über die Dörfler kaputtzulachen …

Sie drehte sich zu dem Regal, in dem die Hüte lagen. Wenn

verkleiden, dann so wenig peinlich wie möglich. Es gab natürlich auch Cowboyhüte. Die waren nicht ganz so albern.

»Der ist viel schöner!« Opa zog einen riesigen Strohhut hervor, aus dessen Krempe lange Halme in alle Richtungen abstanden. Er setzte ihn Sophie auf den Kopf. »Und schau mal, ich habe eine Tabakspfeife gefunden. Und eine Mistgabel.« Opa staffierte Sophie mit den eroberten Accessoires aus und nickte zufrieden. »Ja, dazu dein Hemd und das Halstuch, das Oma genäht hat. Erste Sahne.«

Sophie betrachtete sich im Spiegel. Latzhose, Karohemd, Strohhut. Sie sah aus wie ein Junge, der mit Huckleberry Finn zum Angeln verabredet war, vorher aber noch schnell den Kuhstall ausmisten musste. Hinter sich im Spiegel sah sie in die glücklichen Gesichter ihrer Großeltern. Sicherlich hatten sie sich riesig auf diesen Ausflug gefreut. Sophie wollte nicht alles kaputt machen. Also nickte sie tapfer. Bis zum Fest war noch Zeit. Vielleicht fand sie einen Weg, ihren Großeltern schonend beizubringen, dass sie keine Lust hatte, als Double von Tom Sawyer zum Fest zu gehen.

Kapitel 10

»Hast du heute Nachmittag was vor?« Hollys Kopf, den ein perlenbesticktes Haarband zierte, lugte aus dem Durchgang in der Hecke heraus.

»Ich glaube, wir wollten einkaufen gehen«, antwortete Sophie. Opa wollte mit ihr zum Gartencenter fahren, um den neuen Superdünger zu kaufen, damit die Kürbisse in den letzten Tagen vor dem Heuballenfest noch mal einen richtigen Schub machten. Den wollten sie dann heute auch gleich noch auf den Beeten verteilen. Ja, sie hatten für heute einen richtigen Kürbistag geplant.

»Hast du nicht Lust, zum Set von *Küss mich, Liebling* zu kommen? Dana hat gefragt, ob du mitwillst.«

Sophies Augen weiteten sich. Dana van Norden ließ fragen, ob sie, Sophie Rauch, ans Filmset kommen mochte? Was für eine Frage? Selbstverständlich! Der olle Dünger konnte warten. Opa würde das schon verstehen.

»Klar, total gerne!«, rief sie begeistert. »Wann denn? Und muss ich was mitbringen?«

»Nur dich selbst. Manuel, der Fahrer meiner Mutter, holt uns um vier ab. Drehschluss ist gegen sechs, danach gibt meine Mutter ihre Schnapsklappe.«

»Schnapsklappe?« Das hatte Sophie noch nie gehört.

»Das macht man beim Film so, wenn alle Zahlen auf der Klappe gleich sind.«

Sophie verstand noch immer kein Wort.

Holly seufzte. »Zum Beispiel: 33. Szene, 3. Take, 3. Wiederholung. Also stehen auf der Filmklappe nur Dreien. 33, 3, die 3. – ganz einfach, oder?«

So einfach fand Sophie das nicht. Sie wusste nicht, was ein Take ist, traute sich aber nicht zu fragen. Also nickte sie nur.

»Ja, und dann muss eine Abteilung einen ausgeben. Mal das Kostüm, dann die Regie, Kamera oder eben die Schauspieler. Dana wollte ihre Schnapsklappe alleine geben. Und das macht sie heute, da passt das ganz gut in den Drehplan.«

»Ähm … ich trinke aber keinen Schnaps!«

»Ich doch auch nicht! Es gibt ja auch nicht immer Schnaps. Das heißt doch nur so wegen der Schnapszahl. Meistens gibt es Sekt oder Kuchen oder Weißwürste. Dana hat sich was Tolles ausgedacht: eine Sushiklappe! Deshalb lädt sie uns auch ein. Du magst doch Sushi, oder?«

Sophie hatte erst einmal Sushi gegessen und fand es nicht sonderlich lecker. Aber die Vorstellung, den Nachmittag an einem richtigen Filmset verbringen zu dürfen, ließ sie über ihre Abneigung gegen rohen Fisch hinwegsehen.

»Bis um vier dann also!« Holly winkte noch einmal durch die Hecke und verschwand.

»Mit wem hast du denn geredet?«, fragte Opa, der gerade mit Schippe und Harke bewaffnet in den Garten kam.

»Mit Holly«, antwortete Sophie und ihre gute Laune sank schlagartig in den Keller. Sie musste Opa sagen, dass sie heute nicht mit zum Gartencenter fahren konnte. Hoffentlich würde er nicht zu enttäuscht sein. »Sie hat mich ans Filmset eingeladen.«

Opa nickte anerkennend. »Toll. Das wird sicher sehr aufregend.«

»Ja. Wir fahren heute Nachmittag.« Sophie traute sich kaum, Opa anzuschauen.

»Wollten wir da nicht ins Gartencenter?«

»Schon, aber …«

Opa nickte verständnisvoll. »Dann fahre ich nachher alleine. Ist schon in Ordnung, Erbse.«

»Stimmt was nicht?«, fragte Oma, die Teller und Besteck in der Hand trug und sie auf dem Gartentisch abstellte. Eine Wespe flog um ihren Kopf, die sie genervt verscheuchte.

»Nein, nein.« Opa winkte ab. »Alles gut. Holly will Sophie heute Nachmittag mit zum Film nehmen.«

»Heute Nachmittag? Da wolltet ihr euch doch um die Kürbisse kümmern.« Omas Blick ging fragend zwischen ihnen beiden hin und her.

»Ach, Gisela. So eine Gelegenheit bekommt man nicht so oft. Das sollte Sophie sich nicht entgehen lassen«, beruhigte Opa sie.

»Dana gibt da heute eine Sushiklappe«, erklärte Sophie.

Oma sah Sophie fragend an. »Eine was? Liebes, es ist ja nicht, dass ich dir einen Besuch bei den Dreharbeiten missgönnen würde. Das ist bestimmt spannend. Aber du weißt auch, wie wichtig ich es finde, dass man sich an Abmachungen hält. Und übrigens: Hat einer von euch das Bild vom letzten Kürbisfest gesehen? Es fehlt an der Wand.«

Sophie spürte, dass sich ihre Kehle zuzog. »Es ist mir gestern runtergefallen und ich habe es in den Schrank gelegt.«

»Wieso denn in den Schrank?« Omas Blick durchbohrte Sophie.

»Ich … tja, das war ein Versehen.« Sophies Ohren glühten. »Ich habe nicht nachgedacht.«

Oma seufzte und ging zurück zum Haus.

Sophie schaute betrübt zu Boden. »Ich will nicht, dass …«

Opa tätschelte ihr den Rücken. »Ist schon gut, Erbse. Geh da mal hin und ich besorge den Dünger. Oma wird sich schon wieder beruhigen. Sie ist etwas durcheinander, seitdem die Filmleute hier so viel Trubel in die Stadt gebracht haben. Hilfst du mir beim Unkrautjäten?«

Sophie nickte und folgte ihrem Großvater zum Beet. Wortlos zupften sie kleine grüne Pflänzchen aus der Erde.

Kapitel 11

Um kurz vor vier kletterte Sophie vorsichtig durch die Hecke zu Holly hinüber. Ihre Großeltern waren eine halbe Stunde vorher losgefahren, und Sophie hatte die Zeit allein zu Hause genutzt, um sich fertig zu machen. Sie hatte sich ihr einziges Kleid angezogen, das sie eingepackt hatte, und die Haare ordentlich gekämmt. Nun unbeschadet durch den Durchgang zu kommen, war ein echtes Kunststück. Aber es gelang ihr.

Sie lief durch den Garten und sah in der Einfahrt schon Holly, die an eine glänzend schwarze Limousine lehnte und mit einem jungen Mann sprach. Als sie Sophie bemerkte, winkte sie. Sophie beschleunigte ihren Schritt. Sie war so aufgeregt, doch der Anblick ihrer neuen Freundin beruhigte sie ein wenig. Sie würde sich einfach an Holly halten, die hatte ja schließlich schon oft genug bei Dreharbeiten zugeschaut und wusste sicher, was zu tun war.

»Hallo«, grüßte Sophie zögerlich und musterte den jungen Mann vorsichtig. Ob das der Fahrer von Dana van Norden war? Wie hieß er noch?

»Hi«, grüßte Holly betont lässig zurück. »Sophie, das ist Manuel. Manu, das ist Sophie.«

Natürlich, Manuel. Jetzt fiel es Sophie wieder ein.

»Freut mich«, sagte der Fahrer, verbeugte sich lachend und

öffnete den Mädchen die hintere Wagentür. »Bitte einsteigen, die Damen!«

Sophie war das etwas unangenehm. Umständlich kletterte sie in den Wagen, immer darauf bedacht, die beigen Polster nicht zu beschmutzen. Als Manuel die Tür hinter den Mädchen zuwarf, flüsterte sie Holly zu: »Ist der immer so?«

Ihre Freundin schüttelte lachend den Kopf, ließ aber Manuel, der nun den Wagen umrundete, nicht aus den Augen. »Quatsch. Er macht nur Spaß. Aber er ist süß, findest du nicht?«

Sophie musterte Holly skeptisch. »Er ist doppelt so alt wie du. Mindestens!«

Holly zuckte mit der Schulter. »Weiß ich. Aber süß ist er doch.«

Manuel setzte sich hinter das Steuer, startete den Wagen und fuhr los.

»Wo drehen die denn gerade?«, fragte Sophie flüsternd.

»In irgendeiner Villa in der Nähe. Ich habe dir ja erzählt, worum es in dem Film geht, oder?«

Sophie überlegte kurz. Es ging um eine Frau und ein geerbtes Restaurant.

»Also, der Koch, der anfangs so unfreundlich war und in den Dana sich im Film verliebt, stammt eigentlich aus einer steinreichen Familie, mit der er aber nichts mehr zu tun haben will. Deshalb hat er Helen, also Dana, nichts davon erzählt. Doch dann stirbt sein Opa.« Holly schaute grübelnd zur Decke. »Wie der sich dann genau mit seiner Familie wieder versöhnt, habe ich vergessen, jedenfalls wohnt die Familie von dem Koch in dieser Villa. Und da wird heute gedreht.«

Sophie nickte. Das klang alles so aufregend und so fremd.

Doch es blieb nicht viel Zeit zum Nachdenken, denn schon nach einer Viertelstunde verlangsamte Manuel die Geschwindigkeit. Sophie blickte aus dem Fenster und sah erst mal nur lauter LKWs, die rechts und links der Straße geparkt waren.

»Das sind die LKWs vom Licht, Kamera, dann Maskenwagen, Garderobe und so weiter«, erklärte Holly. Sophie schaute neugierig von einer Seite zur anderen. Aus einem LKW hievten drei Männer gerade riesige blaue Scheinwerfer heraus. In einen anderen trug ein junges Mädchen einen Stapel festlicher Kleider.

Vor der Einfahrt zum Grundstück der Villa stoppte Manuel den Wagen. Er fuhr das Fenster herunter und sprach mit einem Mann in neongelber Weste und einem Walkie-Talkie in der Hand. »Ist gerade Umbau?«

Der Mann nickte. »Ja, kannst durch. Wir sind immer noch im Garten.«

Manuel fuhr den Wagen bis vor die Villa und öffnete den Mädchen die Türen. »Ihr könnt dort am Haus vorbeigehen und dann direkt in den Garten.«

Holly nickte und zog Sophie hinter sich her.

Hinter der Villa erstreckten sich eine große Terrasse und ein riesiger Garten. Auf dem Rasen befanden sich zahlreiche Stehtische und ein üppiges Buffet. Überall standen festlich gekleidete Menschen in Schwarz herum. Sophie vermutete, dass es die Schauspieler waren. Zwischen ihnen wuselten normal angezogene Menschen herum, die mal hier, mal dort an der Kleidung zupften oder die Schauspieler mit einem Pinsel abpuderten. Neben dieser Szenerie waren riesige Scheinwerfer aufgebaut, und auf einer silbernen Schiene, die aussah, als wäre sie von der Eisenbahn, saß ein merkwürdiges Gefährt mit einer Kamera obendrauf.

»Ah, die drehen die Beerdigungsfeier von dem Opa«, erläuterte Holly. Sophie nickte und versuchte, alles zu verstehen, als Dana van Norden winkend auf sie zukam. »Da seid ihr ja!« Sie drückte Holly einen Kuss auf die Stirn und umarmte Sophie, als ob sie sich schon ewig kennen würden. »Sophia, wie schön!«

Sophie wollte sie verbessern, verzichtete aber darauf.

»Dana, wir brauchen dich am Set.« Eine junge Frau mit Klemmbrett in der Hand folgte ihr auf dem Fuß. Ruckartig drehte Dana sich um und funkelte sie an. »Ich werde doch wohl noch meine Tochter begrüßen dürfen?«

Die Klemmbrettfrau zuckte zusammen, nickte und huschte zurück.

»Wir drehen jetzt noch zwei Szenen hier und dann ist Drehschluss für heute«, erklärte Dana unbeirrt. »Das Sushi für danach wird in einer Stunde von einem Fahrer gebracht. Wenn ihr wollt, könnt ihr nachher beim Aufbau helfen.« Sie deutete auf einige Bierbänke, die abseits des Sets unter einem Zelt standen.

»Dana, wir sind drehbereit.« Ein Mann mit Cap und Outdoorjacke hatte sich von hinten genähert. Dana seufzte theatralisch.

»Ich komme ja schon. Wo können die Mädchen sitzen?« Genervt schaute sie den Mann an.

»Ich kümmere mich darum. Aber Ole wartet.«

Dana nickte, winkte den Mädchen kurz zu und schlenderte betont langsam zum Set zurück.

»Hallo, ihr zwei«, begrüßte der Mann mit dem Cap sie nun. »Ich bin Arne, Assistent der Aufnahmeleitung. Kommt mit, ich zeige euch, wo ihr sitzen könnt.«

Sophie und Holly folgten ihm vorbei an lauter Leuten, die alle wahnsinnig beschäftigt aussahen, hin zur Kamera. Arne deutete auf die Schienen. »Vorsichtig drübersteigen!« Holly und Sophie traten unter Arnes strengem Blick über die Eisenstangen.

Holly winkte immer mal wieder jemandem zu, den sie kannte. Hinter den Kameraschienen war ein Monitor aufgebaut, vor dem einige Regiestühle standen. Ein rothaariger Mann saß auf einem der Stühle und starrte angespannt auf das Bild, das vor ihm flackerte.

»Das ist der Regisseur, Ole Leipold«, flüsterte Holly Sophie zu.

Arne deutete auf zwei Stühle, die etwas abseits standen. »Dort könnt ihr euch hinsetzen. Handys aus und schön leise sein, ja?«

Sophie nickte gehorsam und setzte sich neben Holly, die ihr Glitzerhandy ausschaltete. Sophie hatte gar keins.

»Fertig machen zum Drehen«, ertönte es plötzlich. Die Leute, die eben noch am Set Kostüme und Make-up überprüft hatten, verließen eilig das Bild und stellten sich an den Rand.

»Schau mal, das ist Fintans Vater.« Holly zeigte auf einen Mann, der neben Dana an einem der Party-Stehtische stand. Sophie reckte den Hals und erkannte Boris Goldstein, den sie schon mehrmals im Fernsehen gesehen hatte. Schließlich erklärte Holly ihr noch, was die einzelnen Leute machten.

»Da sitzt der Tonmann und da steht der Angler.«

»Was macht denn hier bitte schön ein Angler?« Sophie schaute sich suchend um, konnte aber keinen Angler sehen.

»Er angelt den Ton, was denn sonst?« Holly zuckte mit der Schulter und fuhr fort: »Auf dem Dolly, das ist der Kamerawagen, sitzt der Kameramann mit seinem Assi. Emilio.« Holly verdrehte die Augen. Sophie erinnerte sich, dass Holly ihr erzählt hatte, Emilio wäre der derzeitige Freund von Dana. Sie konnte den jungen Mann jedoch nur schwer erkennen, weil der übergewichtige Kameramann ihn verdeckte.

»Maske, Styling, Szenenbild …« Holly fuhr mit dem Finger all die Menschen ab, die vor ihnen standen und ihrer Arbeit nachgingen. »Aufnahmeleiter, Script, Beleuchter …«

»Ruhe bitte!«, ertönte es als Nächstes.

Holly legte ihren Zeigefinger auf den Mund.

»Ton ab!«, rief ein Mann, der neben der Kamera stand und eine Filmklappe in der Hand hielt.

»Läuft!«

»Kamera ab!«, rief der Mann nun.

»Läuft!«

Nun erhob der Mann die Klappe und hielt sie vor die Kamera. »Dreizehn, fünf, die ...«

»Hey!« Der rothaarige Mann vor ihnen sprang von seinem Sitz auf. Alle Köpfe drehten sich schlagartig zu ihm um. Ole Leipold schoss wie ein wild gewordener Eber an Ton und Kamera vorbei ins Bild. Vor einer älteren Frau, die einen schwarzen Federhut auf dem Kopf trug, blieb er stehen. »Sie sollen Ihren Platz nicht verlassen, verdammt noch mal! Jetzt reicht es mir mit Ihnen!« Die ältere Frau zog den Kopf ein. Ole Leipold fuhr herum und schrie dann einen anderen Mann, der etwas entfernt stand, an: »Schafft sie weg. Ich will sie nicht mehr sehen.«

Der Mann kam näher und versuchte, den Regisseur zu beruhigen. »Ole, das geht nicht. Das gibt Anschlussprobleme, wenn sie fehlt.«

»Die Frau ist ein einziger Anschlussfehler. Ständig zappelt sie herum. So geht das nicht!« Ole Leipold drehte sich noch einmal zu der Frau um. »Letzte Verwarnung, sonst sind Sie die längste Zeit Komparsin gewesen, verstanden?«

Die Frau mit Hut nickte scheu. Offenbar musste sie mit den Tränen kämpfen. Sie tat Sophie leid.

Ole Leipold drehte ab und lief zurück zu seinem Platz. Er erblickte Holly und lächelte ihr zu, als wäre nichts vorgefallen. Holly lächelte zurück und Sophie schluckte. Hoffentlich machte sie heute nicht auch etwas falsch. Was, wenn sie mitten im Dreh niesen musste?

Wieder hörte sie die Kommandos, und schließlich fiel die Klappe und der Dreh ging nach einem »Und bitte« von Ole Leipold weiter.

»Ihnen gehört also das *Restaurant zur alten Eiche*?«, fragte Boris Goldstein an seinem Stehtisch und Dana nickte. »Ja, ich bin Helen Weiler.« Im Hintergrund liefen die Komparsen die ihnen vorgezeigten Wege entlang. Ein paar Sekunden redeten Boris und Dana miteinander über das imaginäre Restaurant, bis Ole Leipold »Danke!« rief. Nun wurde die Szene noch mehrmals wiederholt, obwohl sie für Sophie immer gleich aussah.

Kapitel 12

Eine Stunde später kam der Fahrer mit dem Sushi ans Set. Holly sah ihn zuerst, tippte Sophie an, und gemeinsam stahlen sie sich davon zu den Bierbänken, wo der Fahrer Platten mit kleinen schwarzen Röllchen auf einen Tisch stellte.

Holly hob mit spitzen Fingern die Folien und inspizierte das Sushi. Skeptisch sah sie den Mann an. »Ich glaube nicht, dass meine Mutter das so bestellt hat. Sie hasst Tekka Maki!«

Sophie verstand wieder mal kein Wort. Langsam nervte es sie, dass Holly so viel wusste und sie so wenig.

»Das stand aber auf dem Zettel«, murrte der Fahrer.

»Das möchte ich sehen!«, regte Holly sich auf, und Sophie konnte es nicht fassen, wie Holly mit einem erwachsenen Mann umsprang.

Der Fahrer zog einen zerknitterten Zettel aus seiner Hosentasche und Holly inspizierte ihn eingehend.

»Nirgendwo steht was von Tekka Maki.« Sie warf dem Mann einen finsteren Blick zu. »Aber der Rest scheint da zu sein. Und der Prosecco?«

»Den hole ich gleich.«

»Ist der dann auch gekühlt?« Hollys Stimme war scharf wie ein Messer.

»Ja.« Der Fahrer war offenbar ebenfalls von ihrem Verhalten

irritiert, traute sich aber wohl nicht, etwas zu sagen, immerhin hatte er Dana van Nordens Tochter vor sich stehen.

Holly nickte von oben herab, und der Mann zog ab, um in der nächsten Viertelstunde Eiskübel, Flaschen und Gläser anzuschleppen. Die falschen Maki schaffte er auch beiseite.

»Sollten wir ihm nicht helfen?«, fragte Sophie und Holly sah sie ratlos an.

»Aber das tun wir doch.« Holly rückte eine der Platten zurecht und legte einen Stapel Servietten symmetrisch daneben. Dann betrachtete sie ihr Werk eingehend und nickte zufrieden.

Als eine Viertelstunde später ein lautes »Drehschluss!« vom Set erklang, kam Bewegung in das Filmteam. Dana verkündete lautstark, dass sie die Crew zur Sushiklappe einlud, und steuerte dann auf die Bierbänke zu. Auf dem Weg hakte sie sich bei Regisseur Ole ein.

»Du warst himmlisch heute«, schwärmte der und Dana strahlte ihn an.

Als sie das Zelt erreicht hatte, begutachtete Dana das Buffet. »Das habt ihr fein gemacht«, lobte sie Sophie und Holly, würdigte den Fahrer aber keines Blickes. Dann baute sie sich vor dem Tisch auf, wartete, bis der Großteil der Leute sich versammelt hatte, und erklärte das Buffet für eröffnet. Sofort stürzten sich alle darauf.

»Frau van Norden, ich bräuchte noch Ihr Kostüm zurück.« Dana fuhr herum und warf der schmalen jungen Frau, die an sie herangetreten war, einen vernichtenden Blick zu, folgte ihr dann aber doch in die Villa.

»Komm!« Holly drückte Sophie einen Plastikteller in die Hand und schaufelte ihr verschiedene kleine Sushirollen darauf. »Die hier sind lecker. Und die musst du unbedingt probieren. Und die erst!«

Dann stellten sich die beiden Mädchen an den Rand und beobachteten das Treiben. Vorsichtig kostete Sophie die einzelnen Sushisorten. Und die waren gar nicht so übel. Nur in einer Rolle war etwas glibberiges Weißes, das ihr zu sehr nach Meeresgrund schmeckte.

»Hallo Mädels!« Ein attraktiver schwarzhaariger Mann mit Gürteltasche, an der lauter Rollen mit bunten Klebestreifen hingen, legte Holly vertraut den Arm um die Schulter. Obwohl Sophie ihn vorhin nicht richtig hatte erkennen können, glaubte sie, dass es Emilio war.

»Oh, hallo.« Hollys Stimme war eiskalt. Sie wand sich aus seinem Arm, erblickte hinter ihm jemanden und zog Sophie hinter sich her. »Bis später, Emilio!«, rief sie dem Lover ihrer Mutter zu und lief auf Boris Goldstein zu. Als der sie sah, ließ er seinen Gesprächspartner stehen und umarmte Holly stürmisch. »Du meine Güte, wie lange haben wir uns nicht gesehen?« Er betrachtete Holly von oben bis unten. »Wenn ich dich so anschaue, habe ich das Gefühl, als wäre es Jahre her.«

Holly warf den Kopf in den Nacken und lachte ein Lachen, das Sophie an ihr noch nie gehört hatte. »Aber nein! Wir haben uns doch erst letzten Winter in Kitzbühel getroffen.«

»Da hast du recht.« Nun traf Boris Goldsteins Blick Sophie. »Und wer ist das?«

Sophie spürte, wie ihre Knie anfingen, weich zu werden. Sie war auf der Party der berühmtesten deutschen Schauspielerin, und Boris Goldstein fragte, wer sie war. Sie suchte nach Worten, versuchte, einen geraden Satz rauszukriegen. Doch zum Glück kam Holly ihr zuvor.

»Das ist meine Freundin Sophie.«

Boris legte den Kopf schief. »Sophie ... Sophie ... Bist du die Nichte von Maximilian?«

Scheu schüttelte Sophie den Kopf.

»Du bist ihm wie aus dem Gesicht geschnitten. Ich hätte schwören können, ihr wärt verwandt. Irgendwie kommst du mir aber bekannt vor. Ist dein Vater dieser Kameramann ... ähm, wie heißt er noch?« Herr Goldstein kratzte sich am Hinterkopf.

»Sophie ist unsere Nachbarin hier in Oldenkirch«, erklärte Holly nun.

»Ah«, machte Herr Goldstein plötzlich völlig desinteressiert. »Na, das ist ja dann ein spannender Tag für so ein Mädchen vom Lande, was?« Er wandte sich wieder Holly zu. »Wie gefällt es dir denn hier in der süddeutschen Einöde?«

Sophie fasste es nicht. War sie nur interessant, wenn sie berühmte Eltern hatte? Was für ein eingebildeter Affe! Während Holly und Boris Goldstein sich über den Dreh und ihre letzten Sommerurlaube auf Mauritius und in Kalifornien unterhielten, schaute sie betont gelangweilt zur Seite.

»Wann kommt Fintan?«, fragte Holly irgendwann.

»Gerade rechtzeitig zu deiner Party«, antwortete Boris Goldstein. »Deine Mutter würde mich erwürgen, wenn er nicht da wäre!«

»Wen würde ich erwürgen?«, fragte Dana van Norden, die ihr Drehkostüm abgelegt hatte und nun in einem hautengen kurzen Kleid an sie herantrat.

»Mich, wenn ich Fintan nicht einfliegen lassen würde!« Boris Goldstein lachte tief und laut. Es klang wahnsinnig unnatürlich. Sophie fand ihn von Sekunde zu Sekunde unangenehmer.

»Es ist aber auch ein Unding, dass sich unsere Kinder so lange nicht gesehen haben!« Gespielt gekränkt verschränkte Dana ihre Arme vor der Brust.

Boris Goldstein warf theatralisch seine Hände in die Luft. »Du weißt doch, wie schwierig es zwischen mir und Romina ist. Seit der Trennung lässt sie den Jungen nur ungern bei mir.«

Sophie warf Holly einen Blick zu, doch die hatte nur Augen für die Szene, die sich vor ihr abspielte.

»Ich hol mir mal was zu trinken«, flüsterte Sophie ihr zu und schlenderte zurück zum Buffet, das schon tüchtig geplündert war. Aus einem Eiskübel nahm sie eine Wasserflasche, füllte ihren Becher und beobachtete in aller Ruhe die Filmleute.

Irgendwann kam Holly zu ihr. »Da bist du! Hier ist gleich Schluss. Morgen drehen sie woanders, daher muss alles noch abgebaut werden.«

Sophie nickte und stellte ihren Becher auf dem Biertisch ab. »Sollen wir noch irgendwas helfen?«

Holly winkte ab. »Ach was. Das machen die Setrunner.« Mit gedämpfter Stimme sagte sie: »Ich bin so aufgeregt wegen Fintan! Boris hat mir Fotos von ihrem gemeinsamen Urlaub gezeigt. Oh Gott, der sieht sooo gut aus.« Hollys Augen funkelten und Sophie musste lachen.

»Na, wie hat's euch bei uns gefallen?« Ole Leipold hatte sich zu den beiden gesellt.

»Gut, wie immer«, strahlte Holly ihn an und Sophie nickte.

»Sehr schön. Wenn ihr mögt, kommt gerne mal wieder vorbei.«

Sophie musste noch einmal an den Moment denken, als er die arme Komparsin angeschrien hatte, und konnte gar nicht begreifen, dass er jetzt so nett war.

Dana kam dazu. »Holly, ich muss noch zu einem Interview. Manu fährt euch dann heim, ja?«

Holly seufzte kaum hörbar und nickte.

»Eine zauberhafte Tochter hast du«, schwärmte Ole Leipold.

»Ich weiß«, antwortete Dana kokett.

Holly errötete. »Danke. Hat richtig Spaß gemacht heute.«

Ole Leipold wiegte den Kopf hin und her. »Vielleicht hast du ja Lust, eine kleine Komparsenrolle in dem Film zu übernehmen? Dana, was meinst du? Bringen wir deine Tochter groß raus?«

Hollys Augen weiteten sich und Dana nickte. »Wenn sie möchte, gerne.«

»Wir haben da die Hochzeitsszene auf dem Markt. Da könnten wir sie einbauen.« Der Regisseur kratzte sich am Kinn und überlegte.

»Aber nur, wenn Sophie auch mitmachen darf!«, verlangte Holly nun. Sophie stockte der Atem vor Aufregung.

Ole nickte. »Klar. Da brauchen wir eh viele Komparsen. Kein Problem.«

Sophies Körper kribbelte überall. Sie durfte in einem Film mitspielen! Wie aufregend war das denn?

»Ich rede mal mit unserem Aufnahmeleiter, aber ich glaube, wir drehen das nächsten Sonntag. Da sagt euch morgen noch jemand Bescheid, okay?« Nun wandte sich Ole Dana zu. »Und kann ich mit dir noch mal zwei Sätze wechseln? Es geht da um ein neues Projekt, das ich plane …«

»Ich muss eigentlich los.« Dana schaute auf ihre kleine goldene Uhr.

»Dauert nicht lange.« Ole sah sie flehend an und Dana nickte knapp.

»Okay. Holly, wir sehen uns später. Oder morgen früh, ja?« Winkend drehte sie ab.

»Na, was sagst du?«, wandte sich Holly an Sophie. »Wir beide in *Küss mich, Liebling*. Ist das nicht cool?«

»Das ist total cool«, sagte Sophie. Doch ihre Vorfreude war schon wieder verpufft. Der Dreh war für Sonntag geplant. Doch am Wochenende fand das Heuballenfest statt und am Sonntag der Kürbiswettbewerb. Und wenn Oma schon so enttäuscht war, weil sie nur den Besuch beim Gartencenter ausfallen ließ, was würde sie dann erst sagen, wenn Sophie nicht beim Kürbiswettbewerb mit dabei war, sondern beim Film mitmachte?

Kapitel 13

Am nächsten Tag herrschte bei Oma und Opa Rauch ein reges Treiben. Die letzte Woche vor dem Heuballenfest war angebrochen. Sophie half so viel mit, wie sie nur konnte, war aber den ganzen Tag über recht still. Natürlich hatte sie ihren Großeltern am Abend zuvor von den Filmaufnahmen erzählt, aber noch nicht von dem Angebot, beim Dreh als Komparsin dabei sein zu können. Denn es bestand der Anflug einer Möglichkeit, dass der Kürbiswettbewerb dieses Jahr vielleicht schon am Samstag stattfand und es somit gar keine Überschneidung mit dem Drehtag gab. Sophie glaubte sich zu erinnern, dass das vor zwei, drei Jahren so gewesen war. Das wollte sie erst einmal herausfinden.

Opa war zu einem Nachbarn gefahren, der Mitglied beim Festkomitee war und Hilfe beim Aufhängen der letzten Werbeplakate brauchte. Oma und Sophie saßen in der Küche. Oma malte gerade zarte Kirschblüten auf ihre Marmeladengläser, und Sophie hatte die Aufgabe bekommen, aus rot-weiß kariertem Stoff Kreise auszuschneiden, die dann auf die Deckel der bemalten Gläser gesetzt werden sollten.

»Ich glaube, letztes Jahr hat Frau Gießen nur gewonnen, weil ihre Gläser schöner waren als meine. Geschmacklich war da kein Unterschied. Aber das Auge isst ja mit, wie es so schön heißt.« Oma hielt prüfend ihr Glas in die Höhe, nahm sich jetzt eins der Stoffdeckchen und drückte es über den Deckel. »Hm. Sehr hübsch. Meinst du, ich sollte Bast zum Zubinden nehmen oder eher rotes Stoffband?« Sie stellte das Glas ab, kramte in einem Pappkarton, der auf dem Tisch stand, und hielt verschiedene Bänder in die Höhe.

»Vielleicht reicht Bast«, meinte Sophie.

Oma hielt das Band gegen den Stoff und nickte zustimmend. »Ich glaube, du hast recht. Wir wollen ja auch nicht übertreiben. Nicht, dass die Jury denkt, ich will mit übertriebener Deko von einer schlechten Marmelade ablenken.«

Sophie musste schmunzeln. Wie wichtig ihren Großeltern diese Wettbewerbe waren. Irgendwie niedlich. Prompt kam wieder ihr schlechtes Gewissen um die Ecke geschlichen.

»Du, Oma …«, fing sie an.

Oma schaute auf. »Ach, gut, dass du es sagst. Ich wollte noch eine Sonnenblume auf deinen Farmerhut nähen.«

»Ich hab doch gar nichts gesagt«, protestierte Sophie und ärgerte sich, in welche Richtung sich das Gespräch entwickelte, noch bevor sie irgendetwas klären konnte.

Oma lachte auf. »Stimmt. Trotzdem fällt es mir gerade ein. Ich muss mir das aufschreiben, sonst vergesse ich es wieder.« Sie erhob sich, ging zum Kühlschrank, an dem der magnetische Notizblock hing, den Sophie ihr in der ersten Klasse zu Weihnachten gebastelt hatte, und machte sich einen Vermerk. »Was war denn noch? Ach, ich muss an so viel denken …«

»Oma?« Sophie nahm sich neuen Stoff und bemühte sich, besonders beschäftigt zu wirken. »Wann ist denn der Kürbiswettbewerb?«

»Na, am Sonntag, wie jedes Jahr. Weißt du doch. Am Samstag gibt es die Traktorschau und abends Livemusik. Und all die Wettbewerbe sind Sonntag. Das ist schon immer so.«

»Na ja, ich glaube, vor ein paar Jahren …«, setzte Sophie an.

»Da hast du recht. Das war damals wegen einer Gewitterwarnung. Aber dieses Jahr ist bestes Wetter angesagt, ist das nicht schön?« Oma strahlte übers ganze Gesicht.

Sophie ließ die Schultern sinken. Mist. Was sollte sie jetzt nur tun? Wenn sie Oma sagen würde, dass sie am Sonntag zum Dreh ginge, wäre sie maßlos traurig. Wenn der Dreh allerdings nicht so lange dauern würde, dann könnte sie am Abend …

»Der Marmeladenwettbewerb ist am Vormittag, ebenso der Kuchenwettbewerb. Mittags sind die Tierwettbewerbe und am Nachmittag seid ihr zwei dann dran.«

Sophie nickte langsam. So oder so wäre Oma enttäuscht. Selbst wenn sie es bis zum Nachmittag zum Fest schaffen würde, würde sie die Marmeladen-Preisverleihung verpassen. Und sie wusste ja noch nicht mal, wann der Dreh stattfinden würde. Es war zum Verzweifeln.

Das schrille Telefonklingeln riss Sophie aus ihren Gedanken. Oma klebte ihren Notizblock wieder an den Kühlschrank und ging in den Flur.

»Ja, bitte?«, rief sie in den Hörer. »Ach, Renate, wie geht's euch? Steckt ihr auch mitten in den Vorbereitungen? Oh … ach … nein! Das glaube ich nicht. Das können die doch nicht … Das darf doch nicht wahr sein!«

Die nächsten zehn Minuten stammelte Oma unverständliches Zeug. Sophie hörte nicht weiter hin, sondern grübelte nach einer Lösung für ihr Problem.

Schließlich knallte Oma den Hörer auf die Gabel und kam in die Küche geschossen.

»Ich fasse es nicht. Die wollen das Heuballenfest absagen!« Sie blieb vor dem Küchentisch stehen, schaute ihre Marmeladengläser an und ließ sich kraftlos auf ihren Stuhl fallen. Wortlos starrte sie vor sich hin.

Sophie traute sich erst kaum, etwas zu sagen, doch als sich Omas Blick irgendwann hob, fragte sie vorsichtig: »Was ist denn passiert?«

Oma atmete tief ein und wieder aus. »Die wollen auf dem Marktplatz drehen.«

Die Haustür schwang auf.

»Gisela! Ich habe schlechte Nachrichten!« Opa kam in die Küche gelaufen. »Der Bürgermeister …«

»Ich hab's schon gehört. Renate hat eben angerufen.« Oma saß noch immer kopfschüttelnd auf ihrem Stuhl. Opa setzte sich dazu.

»Kann mir mal einer sagen, was hier los ist?« Sophie verstand gar nichts von alledem, was hier vor sich ging.

Da Oma nicht antwortete, sagte Opa: »Die Leute von diesem Film mit der Mutter deiner Freundin wollen auf dem Marktplatz von Oldenkirch drehen.«

»Aber das ist doch nicht schlimm.« Ratlos sah Sophie von einem zum anderen.

»Im Grunde nicht. Eigentlich wäre es sogar eine gute Werbung für unser Örtchen. Aber sie wollen ausgerechnet an dem Wochenende drehen, an dem das Heuballenfest stattfindet«, erklärte Opa.

»Diese feinen Filmleute denken wohl, dass sich alles nach ihnen richten muss, was?«, schimpfte Oma, bevor sie wieder in ihre Schockstarre verfiel.

»Können die das denn einfach so machen?«, fragte Sophie.

»Nun, der Produzent hat mit dem Bürgermeister geredet, und der will den Marktplatzdreh bewilligen. Allerdings können die terminlich eben nur an dem Wochenende drehen und das Heuballenfest würde da stören.« Opa blieb ruhig, nur Oma schnaufte immer mal wieder auf.

»Aber kann man das Fest nicht auf ein anderes Wochenende verlegen?« Sophie erahnte eine mögliche und vor allem unerwartete Lösung ihres Problems.

»Das geht nicht. Es ist ja alles vorbereitet, die Plakate kleben, es steht in allen Zeitungen der Region. Also entweder wird das Heuballenfest komplett abgesagt oder eben nicht.« Opa seufzte. »Dieser Bürgermeister …«

»Pft«, machte Oma. »Ich habe den nicht gewählt! Und dir habe ich gleich gesagt, dass der uns nur Ärger bringen wird, dieser eingebildete Fatzke. Und diese van Norden!« Oma warf einen wütenden Blick durch das Fenster hinüber zum Nachbarhaus.

Sophie schluckte und verkrümelte sich so schnell wie möglich aus der Küche.

Kapitel 14

Den restlichen Tag herrschte gedämpfte Stimmung bei den Rauchs. Die Marmeladengläser blieben halb fertig auf dem Küchentisch stehen, weil Oma sich weigerte, sie wegzuräumen. Stattdessen backte sie eine aufwendige Schwarzwälder Kirschtorte, von der sie drei Stücke aß.

Sophie verzog sich in ihr Zimmer, las ein Buch und telefonierte mit ihren Eltern, die sich am nächsten Tag auf den Weg zu einer Kreuzfahrt nach Norwegen machen wollten. Danach rief sie noch ihre beste Freundin Marie an, die gerade aus Portugal zurückgekommen war. Ihr erzählte sie von dem Problem rund um das Kürbisfest, die Verkleidung und der Möglichkeit, in einem Spielfilm mitzuspielen. Marie hatte auch keine Lösung parat, aber es tat Sophie gut, darüber zu reden.

»Und sag mal, die Holly, wie ist die so?«, fragte Marie vorsichtig.

»Wirklich nett. Wir sind fast jeden Tag zusammen«, berichtete Sophie.

»Ach ja?«

»Ja. Und was die alles hat. Die Klamotten und allein der Fernseher. Der Vater lebt ja in Hollywood, weißt du?« Sophie erzählte und erzählte. Marie wurde auf der anderen Seite ganz still. Doch Sophie hatte so viele aufregende Dinge zu berichten, dass sie das gar nicht merkte.

Immer wieder schaute sie auch aus ihrem Fenster, ob sie Holly im Nachbargarten sah, aber die zeigte sich nicht. Wer weiß, was sie heute trieb.

Am nächsten Vormittag entdeckte Sophie Holly endlich im Garten und winkte ihr vom Dachfenster aus zu. Holly wirbelte gerade einen Hula-Hoop-Reifen um ihre Taille. Sie winkte zurück und lief zum Durchgang an der Hecke. Wenige Augenblicke später standen sich die beiden Mädchen im Garten der Rauchs gegenüber.

»Wie geht's?«, fragte Holly und zupfte sich Blätter aus den Haaren.

»Ganz gut. Und dir? Wo hast du denn gestern gesteckt?«, fragte Sophie neugierig.

»Dana und ich waren unterwegs. Wegen meines Geburtstags, weißt du. Wir waren bei einem Partyservice und danach noch in ein paar Läden wegen der Geschenke.« Holly grinste breit.

Sophie legte die Stirn in Falten. Für ihre Geburtstagsfeste bereitete ihre Mutter alles vor. Die hatte dann zwar auch ein paar Tage alle Hände voll zu tun, aber einen Partyservice beauftragen? Auf die Idee waren ihre Eltern noch nie gekommen. Vermutlich fehlte ihnen auch das nötige Kleingeld dafür.

»Wie viele Leute kommen denn da?«, fragte sie verwundert.

Holly wiegte den Kopf hin und her. »Tja, so etwa zwischen 50 und 70.«

»So viele?«

»Ja. Vom Dreh sind einige dabei und dann reisen ja noch ganz viele Leute an.« Holly zuckte gleichgültig mit der Schulter, als wäre es das Normalste der Welt. »Zu Danas letztem Geburtstag kamen weit über 100 Leute!«

Sophie nickte. Bei so vielen Gästen würde ihre Mutter wohl auch einen Partyservice engagieren. Allerdings würden sie wohl niemals eine Geburtstagsgesellschaft dieser Größenordnung zusammenbekommen. So viele Leute kannten sie vermutlich nicht mal.

Oma trat auf die Terrasse und stellte ihren Strickkorb auf den Tisch. Sie nickte den Mädchen zu und begann bunte Wollfäden zu entwirren.

»Hallo, Frau Rauch«, begrüßte Holly sie höflich.

Sophie hatte ein bisschen Angst, dass ihre Oma ihren Ärger über das Filmteam an Holly ausließ, doch die lächelte freundlich. »Holly, wie geht es dir?«

»Ganz gut, danke.« Sie musterte das Strickzeug in Omas Hand. »Was machen Sie denn da?«

Oma hielt ein kleines rot-weißes Kleidchen in die Höhe. »Das wird ein Puppenkleid.«

Holly sah Sophie schief von der Seite an. Sophies Ohren wurden rot. Obwohl das Kleid natürlich nicht für sie war und sie auch gar nicht mehr mit Puppen spielte, hatte sie ihre alte Puppe Lotte aufgehoben, und die saß noch immer zu Hause auf ihrem Bett. »Nicht für mich«, stammelte sie schnell.

»Nein! Das verkaufen wir auf dem Heuballenfest. Dieses Jahr geht ein Teil des Geldes an ein Waisenhaus in Ungarn«, erläuterte Oma, die erst jetzt begriff, was Holly angenommen hatte.

»Ah«, machte Holly ohne großes Interesse. »Was sagen Sie denn zu den Neuigkeiten?«

Panik überkam Sophie. Musste Holly denn das mit dem Dreh jetzt ausplaudern?

»Du meinst den Dreh auf dem Marktplatz?«, fragte Oma und ihre Augen wurden zu schmalen Schlitzen.

»Ja, ist das nicht toll?« Holly strahlte sie an.

Oma rang um Fassung. »Also, was daran so toll sein soll, weiß ich nun wirklich nicht.«

Holly warf erst Sophie, dann Oma einen ratlosen Blick zu. »Wollten Sie denn nie in einem Film mitspielen?«

Oma verstand die Welt nicht mehr. »Wovon redest du, Kind?«

»Na, dass wir Komparsenrollen in *Küss mich, Liebling* übernehmen dürfen!«

»Oh, davon wusste ich noch gar nichts.« Ein schwaches Lächeln zog über Omas Gesicht. »Wieso hast du uns das nicht erzählt, Sophie?«

Sophie knetete ihre Hände. »Na ja. Ich wusste nicht, ob es wirklich klappt.«

»Na selbstverständlich!« Holly warf ihre Haare schwungvoll in den Nacken. »Du brauchst nur noch die Einwilligung eines Erziehungsberechtigten, und dann kann's am Sonntag losgehen.«

Oh nein, musste sie jetzt auch noch den Tag ausplaudern?

»Am Sonntag?« Omas Lächeln gefror. »Diesen Sonntag?«

Holly nickte, während Sophie sich gar nicht mehr traute, irgendwas zu sagen.

»Aber … das ist doch der Tag, an dem das Heuballenfest stattfinden sollte!«

»Sind das diese albernen Wettbewerbe, von denen du erzählt hast?« Holly sah Sophie fragend an.

Oma warf Holly einen frostigen Blick zu, legte ihre Stricksachen in den Korb, seufzte tief und ging ins Haus.

»Alles in Ordnung hier?«, fragte Holly ratlos.

»Ich … ähm, tja, da gibt es wohl ein paar terminliche Schwierigkeiten.« Sophie schaute betreten auf den Boden.

»Und?«

»Nichts und.« Sophie hatte keine Lust, mit Holly darüber zu reden. Sie wollte von diesem blöden Heuballenfest nichts mehr hören. Es machte alles nur unnötig kompliziert.

»Aha.« Holly runzelte die Stirn. »Und warum hast du deinen Großeltern noch nicht erzählt, dass wir im Film mitspielen dürfen?«

»So halt.« Sophie zupfte sich am Ohr.

»Ich dachte, du freust dich! Wenn dir das nicht wichtig ist, dann musst du nicht. Dann mache ich das eben allein.« Holly schnaubte und wandte sich wieder dem Durchgang zum Garten zu.

»Nein … ich … warte!« Sophie ging Holly halbherzig zwei Schritte hinterher, doch die war schon in der Hecke verschwunden.

Sophie blieb alleine zurück. *Der schönste Sommer unseres Lebens,* hallte es in ihrem Kopf. Wenn nicht alles so kompliziert wäre, könnte er es werden. Aber im Moment war es eher der problematischste Sommer ihres Lebens.

Kapitel 15

»Morgen«, presste Sophie am nächsten Tag hervor, als sie zum Frühstück in die Küche kam.

»Morgen«, sagte Oma ebenso kurz angebunden.

»Also, was ist denn mit euch los?«, fragte Opa. »Seit gestern liegt hier doch irgendwas in der Luft.« Er schaute von Oma zu Sophie und wieder zurück, doch keine der beiden sagte ein Wort. Sophie stopfte sich einen Toast in den Mund und trank den Tee, den Oma ihr wortlos hingestellt hatte.

Kurz darauf klingelte das Telefon. Oma ging hin und nahm ab. »Ja? Ach, hallo. Natürlich, einen Moment.« Sie kam zurück und hielt Sophie den Hörer vor die Nase. »Für dich.«

Sophie griff den Hörer und verließ die Küche. Wer konnte das so früh sein?

»Hey«, erklang Hollys fröhliche Stimme.

»Hallo.« Sophie war erleichtert, dass Holly scheinbar nicht mehr sauer war. »Wo hast du denn unsere Nummer her?«

»Internet natürlich. Hast du heute was vor?«

»Nein. Wieso?« Sophie lief ins Wohnzimmer, wo sie sich auf die geblümte Couch fallen ließ.

»Dana hat heute Vormittag frei und fragt, ob du Lust hast, mit zum Wellness zu kommen. Wir fahren allerdings schon in einer halben Stunde los.«

»Ja, klingt super.«

»Prima, dann komm doch rüber. Wir sind am frühen Nachmittag wieder zurück. Und bring einen Bikini mit.« Es klickte in der Leitung und Sophie blieb der Mund offen stehen. Das war alles so unfassbar. Keiner würde glauben, dass sie mit so einer berühmten Schauspielerin zum Wellness ging.

Das Telefon klingelte erneut. Sophie hob ab.

»Ja?«, sagte sie.

»Du machst doch beim Film mit, oder?« Hollys Stimme klang ein kleines bisschen unsicher. »Ich meine, weil ich gestern gesagt habe, dass ich es alleine machen will. Aber mit dir wäre es viel lustiger.«

Sophie musste lächeln. »Klar mache ich mit. Das wird toll.«

»Cool. Bis gleich.«

Sophie schaute auf die Uhr. Nur eine halbe Stunde Zeit und sie hatte noch nicht mal Zähne geputzt. Sie rappelte sich hoch und ging zurück zu ihren Großeltern.

»Ich gehe mit Holly und ihrer Mutter zum Wellness. Ist doch okay, oder?«

Opa zog die Augenbrauen zusammen. »Wellness? Seit wann magst du denn so einen neumodischen Kram?«

»Och, kann man ja mal ausprobieren. Wir sind am Nachmittag zurück. Passt das?« Ein wenig nagte das schlechte Gewissen an Sophie. Die letzten Jahre hatte sie jede Minute mit ihren Großeltern verbracht, dieses Jahr war sie sehr viel mit Holly zusammen.

Opa nickte, und weil Oma nichts sagte, kam er zu ihr und legte ihr einen Arm um die Schultern. »Wir freuen uns, wenn du hier eine schöne Zeit hast. Und heute Abend können wir doch einen Film zusammen anschauen, oder?«

Sophie nickte, umarmte ihren Großvater und raste dann nach oben, um sich fertig zu machen. Sie ärgerte sich ein wenig, dass sie nur ihren Sportbadeanzug dabeihatte und keinen hübschen Bikini, aber es war nicht zu ändern.

Sie huschte ins Bad, zog sich an und flitzte winkend an der Küche vorbei hinüber zu Holly. Dort stand Manuel mit seiner schwarzen Limousine schon bereit. Holly und ihre Mutter traten gerade aus dem Haus.

»Guten Morgen«, rief Holly und winkte ihr zu. Ihren Streit von gestern schien sie wirklich komplett vergessen zu haben.

»Na, ist die Stimmung bei euch wieder besser?«

Sophie nickte schwach.

Dana van Norden war heute früh kaum zu erkennen. Die sonst stets top gestylte Frau hatte sich lediglich in einen grauen Jogginganzug geworfen und im Bad offenbar nicht mehr als die Zahnbürste in die Hand genommen. Ihre Haare standen wirr vom Kopf ab, ihr Gesicht war zerknautscht. Sophie fand es irgendwie nett, sie so zu sehen. Dana umarmte sie zur Begrüßung und schob die beiden Mädchen zum Auto.

»Auf geht's. Wir haben unseren Termin in einer halben Stunde.« Sie setzte sich eine große Sonnenbrille auf die Nase und zog ein Cap auf. Zu Sophie gewandt erklärte sie: »Auf Fotos, auf denen ich ungeschminkt bin, warten die da draußen nur. Aber den Gefallen wollen wir ihnen nicht tun, oder?« Sie stieg ins Auto, Sophie und Holly kletterten hinterher. Manuel schloss die Türen und dann fuhren sie durch das Tor. Tatsächlich standen etwa zehn Fotografen vor der Einfahrt und knipsten mit grellen Blitzlichtern das Auto. Dana senkte den Kopf und schob sich das Cap tiefer ins Gesicht. »Irgendwie kommen die immer an den Drehplan und wissen genau, an welchen Tagen ich mal frei habe«, sagte sie seufzend, lehnte sich aber entspannt zurück, als sie um die Ecke gebogen waren und die Paparazzi hinter sich gelassen hatten.

»Weißt du noch, als wir letztes Jahr in Wien waren?«, fragte Holly. Dana lachte laut auf. »Du meinst das mit dem Milkshake?«

»Nein, das war in München. Ich meinte das mit Chester Nowlan.« Holly rollte mit den Augen.

»Erinnere mich bloß nicht daran!« Dana schlug die Hände über dem Kopf zusammen.

Sophie schaute die beiden fragend an und Holly erklärte: »Da sind Dana und ich abends in ein Restaurant gegangen, in dem zufällig auch Chester Nowlan gegessen hat. Kennst du den?«

Sophie schüttelte den Kopf. Sie kannte sich einfach viel zu wenig mit all diesen Promis aus. Vielleicht sollte sie mal Omas Klatschzeitungen durchstöbern.

»Das ist dieser uralte Countrysänger mit Toupet«, erklärte Holly.

»Ein unmöglicher Typ«, fügte Dana hinzu. »Chester und ich haben zufällig zur selben Zeit das Restaurant verlassen und prompt wurde uns eine Affäre nachgesagt. Das zog sich wochenlang durch die Presse, und alle haben sich echauffiert, dass ich wohl nur auf sein Geld aus sei. Pah, als ob ich das nötig hätte!« Dana schüttelte den Kopf, lachte aber trotzdem. Holly lachte mit und Sophie fand die beiden gerade richtig toll zusammen.

»Dass ich zu der Zeit aber in Wahrheit mit diesem knackigen Nachrichtensprecher zusammen war, das hat keiner geahnt.

Dabei wäre das die viel bessere Story gewesen!« Dana prustete, doch Holly blieb das Lachen im Halse stecken. Sophie erinnerte sich, dass Oma ihr von Danas wechselnden Affären erzählt hatte, und sie spürte einen Hauch Mitleid mit ihrer Freundin.

Der Wagen war mittlerweile in die nächstgrößere Stadt gefahren und hielt vor einem schicken Hotel.

»Der Wellnessbereich ist die nächsten drei Stunden für uns abgesperrt«, sagte Dana. Sophie konnte es kaum fassen. Was man alles machen konnte, wenn man reich und berühmt war!

Ein Boy in Uniform öffnete die Wagentür. »Guten Tag, Frau van Norden, und herzlich willkommen in unserem Haus. Am Empfang erwartet Sie Frau Kato.« Dana schob ihr Cap wieder ins Gesicht, schlüpfte aus dem Auto und spurtete in das Hotel. Holly und Sophie folgten ihr.

Am Empfang stand eine hübsche Frau mit dickem schwarzem Haar und einer orangen asiatischen Tracht. Sie geleitete die drei in das Untergeschoss. Schon auf der Treppe strömte ihnen ein feiner Duft nach frischen Blumen und Mandeln entgegen. Das Licht war gedämpft, ein paar Kerzen flackerten hier und da. Vor einer kleinen Sitzgruppe blieb Frau Kato stehen.

»Die Umkleideräume finden Sie hinten links. Der Pool ist auf der gegenüberliegenden Seite«, erklärte sie. »In der Sauna können wir gleich einen Aufguss machen, wenn Sie wünschen.«

»Ich hatte eine Massage bestellt. 90 Minuten, vierhändig.« Danas Augenbrauen schossen nach oben. »Dann noch Maniküre, Pediküre und das Anti-Aging-Peeling. Der Rest interessiert mich nicht.«

»Natürlich.« Frau Kato deutete auf ein junges Mädchen, das

hinter dem kleinen Empfangstresen stand. »Melanie wird sich ausschließlich um Sie kümmern.«

Dana nickte zufrieden. »Und die Mädchen können in der Zwischenzeit alles machen, was sie möchten, ja?«

Frau Kato lächelte. »Gerne.«

»Dann viel Spaß euch beiden.« Dana rauschte mit Melanie davon.

Sophie schaute gespannt zu Frau Kato. Die schob die Mädchen zur Couch und hielt ihnen eine Broschüre vor die Nase. »Hier finden Sie alle Anwendungen, die wir anbieten.«

Sophie fand es merkwürdig, dass sie gesiezt wurde, doch Holly schien das nicht zu stören.

»Vielleicht eine Gesichtsbehandlung vorweg, dann eine kleine Schulter-Nacken-Massage und zum Abschluss eine Maniküre?«, schlug Frau Kato vor.

»Bleibt dann noch Zeit für den Whirlpool?«, fragte Holly.

»Selbstverständlich, gerne können Sie auch erst in den Pool. Oder Sie trinken einen Tee vorab?«

Holly sah Sophie fragend an. »Was meinst du? Erst Whirlpool und den Tee zum Schluss?«

Da Sophie zuvor noch nie in einem Spa gewesen war, nickte sie einfach. Es klang alles toll, und in welcher Reihenfolge das nun passierte, war ihr schnuppe.

Frau Kato reichte ihnen Bademäntel sowie dicke flauschige Handtücher, dann zogen die Mädchen sich um und lagen kurz darauf im blubberig-warmen Whirlpool.

»Herrlich«, schwärmte Holly, die natürlich einen totschicken Bikini trug, der aussah, als würde er alleine so viel kosten wie Sophies gesamte Sommergarderobe.

»Macht ihr so was öfter?«, fragte Sophie und hoffte gleichzeitig, dass Holly ihr nicht die gleiche Frage stellte.

»Hm. Alle paar Monate. Meistens, wenn ich Dana in den Ferien zu Dreharbeiten begleite und wir in irgendeinem teuren Hotel untergebracht sind.«

»Cool«, stellte Sophie neidisch fest, doch Holly schob die Unterlippe vor.

»Ja, heute mit dir ist es cool. Sonst ist es manchmal etwas langweilig, weil sich Dana dann immer für Stunden massieren und eincremen lässt und ich alleine bin.«

Hinter ihnen erklang eine sanfte Stimme. »Wenn die jungen Damen jetzt Lust hätten, könnten wir mit den Behandlungen beginnen.«

Die Mädchen hüllten sich in ihre Bademäntel und folgten der jungen Frau im weißen Anzug in einen hübschen Raum, in dem eine riesige Buddhafigur und zwei Stühle standen, die aussahen wie bei einem Zahnarzt.

Zwei Kosmetikerinnen massierten ihnen sanft die Gesichter und trugen beiden Mädchen anschließend quietschgrüne Masken auf. Sophie und Holly schielten immer wieder zueinander hin und lachten sich kaputt, weil sie so albern aussahen.

Während die Maske einwirkte, begannen die Kosmetikerinnen, ihre Nägel zu feilen und polieren. Schließlich wurde die Gesichtsmaske abgewaschen, eine kühle Creme aufgetragen und die Fingernägel zartrosa lackiert. So richtig konnte Sophie das alles dennoch nicht genießen. Immer wieder musste sie an Oma denken, den anstehenden Dreh und den damit verbundenen Ärger. Ob sie einfach absagen sollte? Aber eigentlich wollte sie das nicht. Wer weiß, ob sie jemals wieder die Gelegenheit haben würde, in einem Film mitzuspielen. Außerdem wäre Holly dann bestimmt eingeschnappt. Es war gar nicht leicht, es allen recht zu machen.

Anschließend wurden die Mädchen in einen Nachbarraum geführt, in dem zwei Liegen mit Löchern am Kopfende bereitstanden. Der Raum wurde abgedunkelt, leise Musik erklang, und als die Frau anfing, sie zu massieren, fühlte sich Sophie, als würde sie auf einer Wolke schweben. Ihr Kopf war auf angenehme Weise leer und all die blöden Gedanken waren wie weggeblasen.

Nach der Massage fielen Sophie und Holly auf zwei Liegen, die im Poolbereich standen, und ließen sich Tee und frisches Obst bringen.

»Das war so toll!« Sophie war noch ganz beseelt.

»Fand ich auch.« Holly nippte an ihrem Tee. »Ich bin echt froh, dich als Nachbarin zu haben.«

Sophie wurde ein wenig rot. »Und ich erst!«, antwortete sie. Was für ein aufregender Sommer das dank Holly war – trotz aller Probleme.

»Na, lasst euch anschauen.« Dana, die wieder ihren Jogginganzug und das Cap trug, betrat den Vorraum. »Habt ihr euch entspannt?«

Holly und Sophie nickten.

Dana strahlte. »Das freut mich. Leider muss ich weg. Hab noch eine Verabredung reinbekommen. Wir müssen gleich los.«

Holly versuchte nicht mal, ihre Enttäuschung zu verbergen. Mürrisch erhob sie sich und stapfte zur Umkleidekabine. Sophie folgte ihr rasch.

Auf der Heimfahrt blieben die Mädchen still. Dana telefonierte mit ihrem Manager, und Sophie konnte sich, als sie angekommen waren, gar nicht für den schönen Vormittag bedanken, weil Dana sofort ins Haus stürmte.

Kapitel 16

»Ich bin wieder da!«, rief Sophie, als sie die Haustür öffnete.

»Wir sind im Wohnzimmer«, antwortete Opa.

Sophie durchquerte das Haus und betrat den Raum, in dem ihre Großeltern am Esstisch saßen. Oma hatte ihre Marmeladengläser vor sich aufgebaut, und vor Opa lag seine alte Schreibtischlampe, die schon seit Jahren kaputt war, die er aber in regelmäßigen Abständen versuchte zu reparieren. Letztes Jahr hatten Sophie und ihre Eltern ihm eine neue Lampe geschenkt, doch Opa ließ nicht locker. Er wollte das alte Chromding wieder instand setzen.

»Wie war's?«, fragte Oma, die auf einmal deutlich bessere Laune hatte als gestern und am Morgen.

»Toll. Dana hat uns eingeladen und wir wurden massiert und die Nägel wurden uns gemacht.« Sophie hielt ihren Großeltern die perfekt gestylten Nägel hin. Die beiden nickten anerkennend.

»Und was ist hier so los?«, fragte Sophie, denn sie war sich sicher, dass in ihrer Abwesenheit irgendwas passiert sein musste. Sonst würde Oma jetzt nicht Gläser bemalen, sondern aus Frust Torte essen. Und heimlich Eierlikör trinken. »Gibt's was Neues wegen des Heuballenfests?«

Opa nickte. »Unsere Bekannte, die Renate, hat noch mal mit Frau Seiffert geredet. Die arbeitet im Rathaus. Also, der Bürgermeister sucht nach einer Lösung, dass die Dreharbeiten das Fest nicht behindern. Wie das genau laufen wird, weiß man noch nicht, aber man bemüht sich, dass das Fest stattfinden kann. Ist das nicht schön?« Er strahlte, und Oma strich liebevoll über einen hübschen Weidenkorb, in den sie die fertigen Marmeladengläser stellte.

Prima, dachte Sophie, doch im nächsten Moment dachte sie dann auch schon: Mist! Wenn das Fest ausgefallen wäre, wäre es die Lösung aller Probleme gewesen.

»Du scheinst dich nicht so zu freuen«, sagte Oma, nachdem Sophie eine Weile wortlos vor sich hin gestarrt hatte, ohne es zu merken.

»Na ja. Dieser Dreh ist doch auch am Sonntag.« Sophie kratzte sich verlegen im Nacken.

Wieder warf ihr Oma diesen traurigen Blick zu. »Musst du denn ausgerechnet am Sonntag mitmachen? Diese Filmleute drehen doch wochenlang.«

»Der Regisseur hat uns netterweise gefragt. Da kann ich doch jetzt nicht einfach sagen, dass mir das am Sonntag nun gerade nicht passt«, entgegnete Sophie.

Oma schüttelte den Kopf. »Aber du darfst nicht beim Fest fehlen. Opa kann doch nicht alleine im Kostüm zum Kürbiswettbewerb gehen!« Ratlos blickte sie zu ihrem Mann.

»Das ist schon alles in Ordnung, Gisela.« Opa legte ihr beruhigend die Hand auf den Arm.

»Es ist nicht alles in Ordnung! Wegen dieser unmöglichen Frau van Norden ist die Straße hier dauernd verstopft, wegen ihr werden unsere Beete zertrampelt und womöglich wird unser Heuballenfest wegen ihr abgesagt. Und jetzt macht Sophie auch noch lieber bei diesem Film mit, als mit uns zum Fest zu kommen!« Oma hatte sich richtig in Rage geredet. Sie atmete tief durch. »Entschuldigt bitte. Irgendwie nimmt mich das alles ziemlich mit.« Sie schob ihren Stuhl zurück und verließ das Zimmer.

Opa sah Sophie lange an. »Tut mir leid, Erbse. Komm mal zu mir.« Er schob seine Lampe beiseite und klopfte mit der Hand auf den Stuhl neben sich. Sophie setzte sich zu ihm.

»Warum ist denn alles so schwierig dieses Jahr?«, fragte Sophie.

Opa lachte auf. Mit seinen sanften braunen Augen sah er seine Enkeltochter lange an. »Vielleicht, weil du langsam erwachsen wirst.«

»Quatsch!«, protestierte Sophie. »Ich bin doch erst zwölf.«

»Ich weiß. Trotzdem sind dir in diesem Jahr andere Dinge wichtig als in den Jahren davor. Du machst viel mehr alleine. Was ja auch gut ist. Das gehört dazu. Aber für uns ist es eben eine Umstellung, weißt du?«

»Ja, aber ich bin doch gerne mit euch zusammen.«

»Das wissen wir ja auch. Und wir freuen uns sehr, dass du bei uns bist. Dennoch wirst du langsam flügge. Und Oma macht das zu schaffen.«

»Aber warum denn?«

»Ach, vermutlich aus vielen Gründen. Weil sie an dir merkt, dass sie alt wird. Weil die Zeiten, in denen wir alles zusammen gemacht haben, so schön waren. Weil sie vielleicht denkt, dass wir dir nicht mehr cool genug sind.« Opa zuckte mit den Schultern.

»Das stimmt doch gar nicht!«, erwiderte Sophie.

»Ich weiß. Und Oma weiß das eigentlich auch. Mach dir nicht zu viele Gedanken darüber. Das sind Erwachsenenprobleme.« Mit seiner großen Hand tätschelte er ihren schmalen Arm. Sophie legte ihm den Kopf auf die Schulter. Der Geruch seines Rasierwassers strömte ihr in die Nase und sie fühlte sich plötzlich total geborgen.

»Ich hab euch lieb«, sagte sie und umarmte ihren Großvater. Der lachte breit. »Wir dich auch, Erbse.«

Sophie nickte. »Und was mache ich jetzt mit dem Dreh?«

Opa legte den Kopf schief. »Das musst du selbst entscheiden. Das kann dir keiner abnehmen. Du musst wissen, was dir wichtiger ist. Der Film oder das Fest.«

Sophie verzog den Mund. »Das ist nicht sehr hilfreich, Opa!«

Ihr Großvater lachte. »Tut mir leid. Aber so ist das eben.«

»Hmpf«, machte Sophie und starrte auf den Tisch. Warum musste alles so kompliziert sein? Sie glaubte zu verstehen, was Opa ihr gerade erklärt hatte. Und eben deshalb fiel es ihr besonders schwer, Oma zu verletzen, indem sie nicht zum Heuballenfest ging. Andererseits würde sie um nichts auf der Welt auf die einmalige Chance mit dem Dreh verzichten wollen.

»Eins ist sicher«, sagte Opa nun und räumte seine Lampe seufzend in den Karton zurück. Offenbar war es ihm wieder nicht geglückt, sie zu reparieren. »Wir lieben dich so oder so.« Er schob seinen Stuhl zurück und erhob sich.

»Danke, Opa.«

»Vielleicht machen wir uns heute wirklich einen netten Abend zu dritt? Wie wär's, wenn wir mal wieder Canasta spielen? Das haben wir dieses Jahr noch gar nicht gemacht.« Er klemmte sich den Karton unter den Arm und sah Sophie freundlich an. Die nickte begeistert. Sie hatten tatsächlich noch nicht eine Runde Karten gespielt, seit sie hier war. Wie war das nur möglich? Früher hatten sie das stundenlang getan.

»Sehr gerne!«, antwortete sie daher und nahm sich vor, Oma heute Abend gewinnen zu lassen.

Kapitel 17

Am nächsten Morgen beobachtete Sophie durchs Fenster, wie Holly über den Rasen lief und mit den Armen fuchtelte. Sie sah aus, als würde sie mit jemandem reden, aber es war weit und breit niemand zu sehen. Sophie öffnete ihr Dachfenster und pfiff. Holly drehte sich sofort um, entdeckte sie und winkte aufgeregt. Noch im Schlafanzug flitzte Sophie die Treppen hinunter und schlüpfte durch die Hecke.

»Guten Morgen«, rief sie.

»Hallo!«, grüßte Holly zurück. Scheinbar hatte sie gute Laune, denn sie strahlte über das ganze Gesicht.

»Was machst du hier so früh?« Sophie sah sich suchend um, aber Holly war tatsächlich allein.

»Ich übe.«

Sophie wusste mittlerweile, dass Holly den Moment, bevor sie mit einer großen Neuigkeit herausplatzte, gerne in die Länge zog. Schmunzelnd fragte sie: »Und was?«

Holly atmete tief ein und wieder aus. »Für meine Rolle. Ich bekomme eine Sprechrolle bei *Küss mich, Liebling!* Ist das nicht fantastisch?«

»Wow«, entfuhr es Sophie.

»Ja! Es ist die Szene, in der Helens Restaurant eröffnet wird. Und ich soll am Tresen stehen und eine Bestellung bei ihr aufgeben: ›Ich hätte gerne eine Limo. Und der Kuchen sieht gut aus, davon nehme ich auch ein Stück.‹ Dann schwenkt die Kamera auf Helen, also Dana, die mit allem völlig überfordert ist.« Abwartend sah Holly Sophie an.

»Cool«, sagte Sophie, um ihrer Freundin einen Gefallen zu tun. Doch die Vorstellung, vor der Kamera auch noch etwas sagen zu müssen, war für sie persönlich ein mittelschwerer Albtraum.

»Und du bist dann auch im Restaurant«, fuhr Holly fort.

Sophie lief ein Schauer den Rücken hinunter. »Aber ich muss nichts sagen, oder?«

»Nein! Du sitzt irgendwo an einem Tisch und ich komme dann mit einem vollen Tablett zu dir.«

Sophie atmete auf. Ein Glück! Das würde sie schaffen.

»Was meinst du, sollte ich den Satz eher so sagen …« Holly machte auf schüchtern und gab bei der imaginären Kellnerin ihre Bestellung auf. »Oder so …« Jetzt war sie laut und gestikulierte mit den Armen, als wäre sie eine temperamentvolle Südländerin.

Sophie sah sich das Schauspiel skeptisch an. »Also, ich weiß nicht. Vielleicht irgendwas in der Mitte. Bleib doch einfach so, wie du immer bist.«

Sie konnte Holly an der Nasenspitze ablesen, dass ihr diese Antwort nicht gefiel. Abschätzig reckte sie ihr Kinn. »Ich werde Dana noch mal fragen.«

»Was hast du denn gestern noch gemacht?«, fragte Sophie schnell, um das Thema zu wechseln.

»Och, Dana ist dann noch zum Set und ich habe ein paar E-Mails geschrieben. An meine Freunde aus dem Internat und an Granny. Und ihr?« Holly griff nach ein paar Zetteln, die im

Rasen gelegen hatten, und studierte sie aufmerksam. Sophie konnte den Schriftzug erkennen und schlussfolgerte, dass es sich um das Drehbuch handelte.

»Ach, wir haben nichts Besonderes gemacht. Abends haben wir Karten gespielt und so. Oma war in den letzten Tagen etwas verstimmt wegen dieser Filmsache, weißt du.« Scheu blickte Sophie zu Holly.

Holly schaute auf und ließ das Drehbuch sinken. »War sie deshalb so komisch, als ich bei euch war? Was ist denn?«

»Ach, sie war eingeschnappt, dass wegen der Dreharbeiten das Heuballenfest am Sonntag fast abgesagt worden wäre«, erklärte Sophie vorsichtig. Allzu sehr wollte sie nicht ins Detail gehen.

Holly tippte sich nachdenklich mit dem Zeigefinger ans Kinn. »Ja … Dana hatte so was erzählt. Das gab wohl riesigen Ärger hier im Dorf.«

»Ganz genau«, seufzte Sophie.

»Aber dann ist doch alles gut«, meinte Holly. »Euer komisches Fest findet am Sonntag statt. Dana hat erzählt, dass nur ein Teil vom Marktplatz abgesperrt und als Kulisse genutzt wird. Deine Oma kann sich freuen.«

»Ja, das ist toll«, sagte Sophie. Niedergeschlagen schaute sie auf die Erde.

»Was ist denn?«, fragte Holly.

»Ach, Oma ist dieses Fest so wichtig, weil sie doch am Marmeladenwettbewerb teilnimmt. Und sie wird enttäuscht sein, wenn ich nicht dabei bin«, rückte Sophie mit der Sprache raus.

»Warum bist du denn nicht dabei?« Holly legte den Kopf schief.

»Na, am Sonntag ist doch der Dreh, bei dem wir beide mitmachen.«

Holly schüttelte den Kopf. »Nee. Am Sonntag drehen die die Hochzeitsszene vor der Kirche. Helen und Olaf heiraten nämlich nach all den Streitigkeiten am Ende doch. Dafür brauchen sie die Kirche und den überfüllten Marktplatz. Wir sind jetzt am Freitag in der Eröffnungsszene des Restaurants. Damit ich eben einen Sprechpart habe. Dana meinte, dass ich in der Hochzeitsmenge zu sehr untergehen würde. Der Dreh findet im Studio statt. Da haben sie das Innere des Restaurants als Kulisse aufgebaut. Weißt du das noch nicht? Irgendwer sollte gestern Nachmittag noch bei euch anrufen.«

Sophie spürte einen riesigen Stein von ihrem Herzen fallen.

»Heißt das, ich kann beim Film mitmachen und trotzdem am Sonntag zum Heuballenfest?«

Holly nickte. »Ja klar. Außer du möchtest noch mal eine Komparsenrolle als Hochzeitsgast übernehmen. Ich könnte fragen.«

Das freudige Kribbeln in Sophies Bauch breitete sich über ihren ganzen Körper aus, und sie konnte einfach nicht anders, als Holly um den Hals zu fallen. »Das ist ja fantastisch!« Endlich würde Oma wieder bessere Laune haben und der blöde Streit wäre ein für alle Mal vergessen. Und sie musste sich nun nicht zwischen Film und Fest entscheiden. »Nein, danke, *ein* Auftritt in dem Film reicht mir. Hauptsache, ich kann am Sonntag zum Fest.«

»Das muss ja ein großartiges Fest sein, euer komisches Heufest«, sagte Holly. Sophie bemühte sich, die leichte Hochnäsigkeit in ihrem Ton zu überhören.

»Es ist ganz okay«, spielte Sophie es runter. Sie erinnerte sich daran, wie sie schon als Kleinkind jedes Jahr hierhergekommen war. Ihr Vater war in Oldenkirch aufgewachsen und mochte das Fest ebenso sehr wie sie. Sophie dachte an das Heuballenlabyrinth und die Hüpfburgen für die Kinder, den Baumstamm-Weitwurf, das Festzelt mit Livemusik und natürlich die Traktorschau mit lauter antiken Gefährten. Eine Tombola durfte natürlich nicht fehlen und ebenso wenig die Wettbewerbe, an denen ihre Großeltern teilnahmen. Ein bisschen Vorfreude machte sich in ihr breit.

»Hm. Ich war in Amerika mal bei so einem Pumpkin-Festival. Das war vielleicht etwas Ähnliches. Dana dreht am Wochenende ja eh. Vielleicht komme ich mit euch mit und schaue mir euer provinzielles Fest mal an.«

Sophie schluckte. Genau das hatte sie nicht gewollt. Was würde Holly von ihr denken, wenn sie sie in Latzhose und Karohemd mit einer Mistgabel neben einem Riesenkürbis auf der Bühne stehen sah? Daher sagte sie betont gelangweilt: »So toll ist das Fest auch wieder nicht. Du würdest dich sicher nur langweilen. Das ist nichts im Vergleich zu euren Pumpkin-Festivals.«

»Ach, langweiliger als alleine zu Hause kann es nicht sein.«

Mist, dachte Sophie. »Der schönste Tag ist eigentlich der Samstag«, erfand Sophie eine schnelle Notlüge. »Da kannst du mit uns mitgehen.«

»Hm«, machte Holly. »Oder vielleicht doch der Sonntag. Da drehen die ja auch auf dem Markplatz … Ich muss mal mit Dana reden. Aber super, ich freue mich schon.«

»Sophie!«, rief Oma nebenan.

»Oh, ich habe mich einfach aus dem Staub gemacht, ohne Bescheid zu sagen. Oma sucht mich, ich muss rüber.« Sophie fiel erst jetzt auf, dass sie noch immer im Schlafanzug war. Schnell verabschiedete sie sich von Holly und kletterte durch die Hecke.

»Ich habe tolle Neuigkeiten«, rief Sophie, als sie wieder drüben bei ihren Großeltern war.

»Was denn?« Oma schaute sie fragend an.

»Ich bin jetzt in einer anderen Szene und drehe schon am Freitag. Und am Sonntag wird am Marktplatz einfach ein kleiner Teil für die Dreharbeiten abgesperrt.«

»Hat Holly das erzählt?«

Sophie nickte und freute sich, dass Oma schlagartig bessere Laune hatte.

Zum Frühstück machte Oma dann noch schnell Rührei, weil sie sich so freute. Und Sophie freute sich, dass im Hause Rauch endlich wieder gute Laune herrschte. Die hielt auch in den nächsten Tagen an, in denen Oma, Opa und Sophie bei den Vorbereitungen für das Fest halfen, den riesigen Kürbis bestaunten, der im Garten wuchs und der so groß war, dass ihn Sophie nicht einmal umfassen konnte.

Kapitel 18

Am Freitagmorgen, einen Tag bevor das Heuballenfest starten sollte, wachte Sophie mit einem Kribbeln im Bauch auf. Um elf Uhr würde Manuel sie abholen und zusammen mit Holly ins Studio fahren, in dem die Dreharbeiten stattfinden würden. Nervös tigerte sie durchs Haus, schaute alle zehn Minuten auf die Uhr und kontrollierte mindestens fünfmal ihr Outfit.

»Viel Glück, Erbse«, sagte Opa, als es endlich kurz vor elf war und Sophie sich verabschiedete. Er studierte gerade das Festprogramm.

»Wir drücken die Daumen!«, rief Oma, die ihm dabei über die Schulter sah und sich darüber freute, dass diesmal nicht die übliche Schlagerkapelle auftrat, sondern eine Rock-'n'-Roll-Band.

Vor dem Haus der van Nordens stand bereits Manuels schwarze Limousine. Die Fotografen, die sonst mit gezückten Kameras vor der Einfahrt lauerten, waren heute nicht da. Vermutlich wussten sie genau, dass Dana bereits am Set war, und gönnten sich mal eine Pause.

Manuel stieg sofort aus, als sich Sophie dem Wagen näherte, grüßte und öffnete die hintere Tür. Holly saß bereits auf der Rückbank.

»Hallo«, sagte sie und musterte ihr Aussehen in einem kleinen pinken Taschenspiegel. »Ausgerechnet über Nacht habe ich einen Pickel bekommen. Findest du ihn sehr groß?« Holly reckte Sophie ihr Kinn entgegen und deutete auf einen winzigen roten Punkt.

»Also, ich kann kaum was erkennen«, sagte Sophie, doch Holly winkte nur ab.

»Weil es hier so dunkel ist. Aber im Studio brennen lauter helle Scheinwerfer, da sieht man den bestimmt. Vielleicht kann man in der Maske was machen. Ich hoffe, dass Judith uns schminkt. Das ist die Maskenfrau, die Dana immer dabeihat, egal wo sie dreht.« Sie klappte ihren Spiegel zusammen und schob ihn in ein kleines Täschchen. Dann zupfte sie an ihrem Kleid herum. »Und ich hoffe, dass ich das hier anbehalten kann. Wir haben es in Paris gekauft und ich habe es erst ganz selten getragen.« Skeptisch betrachtete Sophie das Kleid. Das Oberteil war paillettenbesetzt, das Unterteil bestand aus mehreren Tülllagen. Vorsichtig befühlte sie den Stoff. »Ist das so ein schickes Restaurant, das Helen da im Film eröffnet?«

»Nee. Aber man kann sich doch für die Eröffnung eines Restaurants fein machen, oder nicht?«

Sophie war sich nicht sicher, ob Hollys Outfit nicht etwas übertrieben war. Sie selbst hatte eine Jeans angezogen und ein kurzärmeliges hellgrünes Oberteil mit dezentem Aufdruck.

»Hast du deine Szene mit Dana noch mal geübt?«, fragte sie nun, um vom Thema abzulenken.

»Nee. Sie hatte keine Zeit. Die haben viel gedreht in den letzten Tagen und abends war sie oft mit Emilio unterwegs.« Wieder war da diese Spur Bitterkeit in Hollys Stimme, doch sie wollte scheinbar nicht weiter darüber reden, denn sie schaute demonstrativ zum Fenster hinaus.

Nach einer längeren Fahrt erreichten sie die Fernsehstudios. Manuel wusste genau, wo er langmusste, und lenkte den Wagen vor ein riesiges blaues Tor, auf dem »Studio B« stand. Auch hier waren wieder zahlreiche LKWs geparkt.

»Am besten geht ihr schon mal zur Maske. Ich sage dem Regieassi, dass ihr da seid.« Manuel sprang aus dem Wagen, führte die Mädchen in ein gegenüberliegendes Gebäude und deutete auf eine Tür.

Die beiden klopften und eine Frau mit blonden Locken öffnete ihnen.

»Hallo, ich bin Holly van Norden«, sagte Holly laut.

»Ah, gut, dass ihr da seid. Ich bin Sandra. Wart ihr schon beim Kostüm?«

Holly und Sophie schüttelten die Köpfe.

»Hm, okay. Ich frag mal drüben nach. Kommt doch solange rein.« Sie trat zur Seite und gab den Mädchen den Weg frei in einen großen kahlen Raum, in dem mehrere Schminkplätze aufgebaut waren. Drei Plätze waren bereits besetzt. Zwei grauhaarige Frauen und ein Mann mittleren Alters wurden gerade geschminkt. Bestimmt auch Komparsen, dachte Sophie.

Unschlüssig standen die Mädchen im Raum herum und warteten. Ein paar Minuten später kam Sandra zurück. Im Schlepptau hatte sie eine kleine ältere Frau, die knallbunte Klamotten trug.

»Das ist Helga, verantwortlich fürs Kostüm«, erklärte Sandra.

Helga nickte knapp und begutachtete zuerst Sophie. Sie packte sie an den Schultern und drehte sie linksherum und rechtsherum. »Gut«, urteilte sie und wandte sich dann Holly zu. Ein knapper Blick auf ihr Kleid reichte, und schon zog sie die Augenbrauen hoch und sagte: »Mitkommen. Das müssen wir ändern.«

Holly schnappte empört nach Luft. »Was müssen wir hier ändern? Wissen Sie denn nicht, mit wem Sie reden?«

Helga blieb völlig unbeeindruckt. »Doch, das weiß ich. Dennoch musst du was anderes anziehen.«

»Das werde ich nicht«, protestierte Holly. »Sonst rufe ich meine Mutter.«

»Die Mühe kannst du dir sparen, Schätzchen. Hier macht jeder seinen Job. Frau van Norden ist Schauspielerin, und ich entscheide, wer was anzieht. Also, bitte mitkommen.« Helga drehte ab und verließ den Raum. Holly schnaubte und folgte ihr widerwillig.

Sophie wollte ihr nachlaufen, doch Sandra hielt sie zurück. »Du wirst gleich geschminkt.« Sie führte Sophie zu einem der Plätze. Sophie setzte sich in den Sessel und wartete. Im Spiegel sah sie, wie die Tür aufging und ein dicklicher Mann den Raum betrat. Er sprach kurz mit Sandra und steuerte dann auf Sophie zu.

»Hallo, ich bin Meikel.« Er wirbelte den Drehstuhl herum und strahlte Sophie an.

»Ich bin Sophie«, sagte sie schüchtern.

»Ach, da bin ich aber froh, dass ich nicht die Van-Norden-Göre schminken muss«, säuselte Meikel und begann, Sophies Haare zu durchwühlen.

Sophie zog die Augenbrauen zusammen. »Holly ist meine Freundin!«

»Ach, du liebe Güte. Sie führt sich nicht sehr nett auf«, sagte Meikel und begutachtete nun Sophies Gesicht. »Sie streitet sich gerade mit Helga.« Er hob ihr Kinn an und schob ihren Kopf hin und her. »Mit Helga legt man sich besser nicht an. Da zieht man immer den Kürzeren.«

Sophie nickte schwach. Sie traute kaum, sich zu bewegen, weil Meikel jetzt anfing, ihr Gesicht mit einer bräunlichen Paste einzucremen. Währenddessen plauderte er über andere Komparsen und Schauspieler, über seinen Freund, der als fester Make-up-Artist bei einem Fernsehsender arbeitete und mit dem er deswegen immer Ärger hatte, weil er, Meikel, ja nur tageweise bei den Filmen beschäftigt war. Schnell schwirrte Sophie der Kopf.

Meikel schwang die Pinsel, tupfte mal in dem einen Tiegelchen, mal in dem anderen. Er tuschte Sophie die Wimpern und bemalte ihre Lippen. Als er begann, ihr die Haare zu bürsten, betrat Holly wieder den Raum. Statt ihres Kleides trug sie nun Latzhose und T-Shirt. Sie sah sehr unzufrieden aus. Sandra führte Holly zu einem Schminktisch am anderen Ende, also winkte Sophie nur kurz. Meikel konnte sich ein Grinsen nicht verkneifen. Das fand Sophie blöd. Daher war sie froh, als er ihr ein dünnes Band ins Haar gebunden hatte und fertig war. Sie betrachtete sich lange im Spiegel. Sie fühlte sich ganz zugekleistert und sah irgendwie auch so aus. Aber vor der Kamera würde man das wohl nicht mehr sehen.

Sie verabschiedete sich von Meikel und wartete dann auf Holly. Wutschnaubend kam sie zu Sophie gelaufen, als sie fertig war.

»Ich habe auf das alles hier gar keine Lust mehr!«, schimpfte sie. »Schau, wie ich aussehe!« Sie deutete an sich herunter. Nicht nur, dass sie die Anziehsachen natürlich viel zu langweilig fand, man hatte ihr auch noch einen Pferdeschwanz frisiert. »Ich sehe aus wie ein Junge! So kann man doch nicht rumlaufen! Latzhose, also ehrlich. Das ist ja wohl das Letzte! Peinlich!«

Unwillkürlich musste Sophie an das Farmerkostüm denken. Holly würde sich dermaßen über sie lustig machen! Sie seufzte.

»Ist alles okay mit dir?«, fragte Holly.

»Jaja, alles gut«, versuchte Sophie, den Gedanken wieder wegzuschieben. »Weißt du, wie es hier jetzt weitergeht?«

Doch ihre Freundin kam nicht mehr zum Antworten, denn jetzt betrat ein rothaariger Mann den Raum und rief mit leichtem englischem Akzent: »Die Komparsen ans Set, bitte!«

Die beiden älteren Damen und der Mann, der mittlerweile einen Hut trug, erhoben sich und liefen dem Rothaarigen hinterher. Dabei wirkten sie so selbstsicher, dass Sophie vermutete, dass sie schon öfter beim Film gearbeitet hatten.

»Los, hinterher! Ich muss gleich mit Dana reden.« Holly hakte Sophie unter und zog sie mit sich. Der Rothaarige steuerte auf die große doppelflügelige Eisentür zu, die zum Studio B führte. Kurz davor blieb er stehen.

»Ich bin James, der zweite Regieassistent. Wenn ihr Fragen habt oder so, wendet euch bitte ausschließlich an mich. Wir drehen heute die Eröffnungsszene, das wisst ihr, oder?« Die beiden Damen, der Mann mit Hut und Sophie und Holly nickten.

»Gut.« James schaute auf sein Klemmbrett. »Sie beide«, er deutete auf die älteren Damen, »sitzen an einem Tisch und reden miteinander. Tonlos, Sie wissen ja Bescheid.« Nun drehte er sich zu dem Mann mit Hut. »Sie betreten mit einem Blumenstrauß das Restaurant. Den bekommen Sie gleich von der Ausstattung. Nicht vergessen: Props bleiben am Set!«

Sophie sah Holly fragend an. Die flüsterte: »Requisiten.« Sophie nickte dankbar, und schon wandte sich James ihnen zu.

»Holly? Du stehst am Tresen und gibst deine Bestellung auf. Und du«, er deutete mit dem Finger auf Sophie, »sitzt am Tisch und rührst in einer Tasse.«

Sophie nickte. Das klang nicht sonderlich schwierig, das würde sie schon schaffen.

»Wir bauen ein paar Mal um, aber die Szene ist recht kurz. Ihr Mädchen dürft ja eh nicht so lange am Set bleiben. Jugendarbeitsschutz und so.« Noch bevor Sophie fragen konnte, was das nun wieder zu bedeuten hatte, öffnete James die schwere Tür und geleitete sie ins Studio. Die Kulisse des Restaurants sah ziemlich komisch aus. Zwischen drei Stellwänden, die vorne wirkten wie richtige Mauern, hinten aber mit Holzpfeilern gestützt waren, war mitten im Studio ein kleines Restaurant aufgebaut. Ein Tresen, mehrere Tische und Stühle. Überall hingen Girlanden und Luftballons, denn sie drehten ja den Eröffnungstag. Hinter dem Tresen war eine kleine Tür, die eigentlich in die Küche führen sollte, hier aber nur in ein schwarzes Nichts. Sophie musste schmunzeln. Wie sehr das Fernsehen einen doch austrickste! Und da, wo die vierte Wand hätte sein müssen, waren Kameras und Scheinwerfer aufgebaut. Doch ihr blieb nicht viel Zeit zum Staunen, denn James schob sie in die Kulisse hinein und blieb mit ihr an einem Tisch in der Ecke stehen. Dort stand schon eine Tasse bereit. Er zeigte Sophie, was sie tun sollte: »Einfach sitzen und die Sitzposition nicht großartig verändern. Holly kommt dann mit dem Tablett zu dir. Kurz danach holt dich dein Vater ab und ihr verlasst gemeinsam den Laden«, erklärte James nun.

»Mein Vater?«, fragte Sophie verwirrt.

James deutete auf den Mann mit Hut, dem gerade von einer Frau erklärt wurde, wo er langlaufen sollte.

Sophie nickte.

James zeigte ihr noch einmal, wie sie sitzen sollte, kurz Holly begrüßen und dann aufstehen und das Restaurant am linken Tisch vorbei verlassen. Das sah alles nicht sonderlich kompliziert aus und so setzte sie sich auf ihren Platz und wartete.

Als Nächstes erklärte James Holly, was sie tun sollte, und irgendwann rief jemand »Stellprobe!«. Da kam Bewegung in die Leute, die vorher noch an Kameraschienen rumgeschraubt oder irgendwo herumgestanden hatten. Nun taten sie so, als ob sie drehten, aber weder lief die Kamera, noch war von Ole Leipold oder Dana van Norden etwas zu sehen. Die kamen erst kurz darauf ins Studio.

»Dana!«, rief Holly laut, als sie ihre Mutter sah. »Schau nur, was sie mir angezogen haben!«

Doch Dana war so sehr mit Ole ins Gespräch vertieft, dass sie ihre Tochter nur kurz musterte. »Ach Kleines, so ist das eben beim Film. Was gibt man nicht alles für die Show?!?«, sagte sie und tätschelte Hollys Schulter. Sophie konnte ihrer Freundin die Enttäuschung ansehen.

Dana grüßte einmal fröhlich in die Runde und ließ sich dann von Ole erklären, was sie zu tun hatte. Schließlich waren alle drehbereit. Nach dem »Ruhe bitte!« fielen wieder die Kommandos »Ton ab!«, »Läuft!«, »Kamera ab!«, »Läuft!« und dann fiel die erste Klappe.

In der Szene passierte tatsächlich nicht viel. Helen/Dana stand stolz hinter dem Tresen, bediente ihre ersten Gäste, ein paar Gratulanten kamen, und am Ende kam noch der Koch Olaf dazu, um Helen zu umarmen und sich mit ihr über den gemeinsamen Erfolg zu freuen. Das alles wurde mehrmals in verschiedenen Einstellungen gedreht. Mal war die Kamera weiter weg, mal gab es eine Nahaufnahme und zwischen diesen Einstellungen wurde umgebaut. In diesen Umbaupausen wurden die Komparsen wieder in den Raum gebracht, in dem sie geschminkt worden waren. Das alles zog sich ewig hin, und Sophie spürte, wie die anfängliche Aufregung schnell verpuffte. Filmemachen bestand ja mehr aus Warten und aus endlosen Wiederholungen als aus Spaß.

Nach der gefühlten vierhundertdreiundneunzigsten Klappe wurden Holly und Sophie verabschiedet. Die anderen Komparsen mussten noch bleiben, doch Kinder und Jugendliche durften eben nur eine gewisse Zeit am Set sein. Dana umarmte die beiden zum Abschied und Ole Leipold verabschiedete sich mit Handschlag von Sophie und einer großen Lobeshymne auf Holly.

»Du hast das großartig gemacht! Aus dir wird mal eine ganz Große, das habe ich im Gefühl«, schwärmte er. Sophie war sich nicht sicher, ob er das wirklich ernst meinte. Hollys Auftritt war natürlich größer als ihrer, aber die Bestellung, die sie aufgab, kam ein wenig hölzern rüber, und einmal war ihr beim Weg vom Tresen zum Tisch sogar das Glas mit der Limo aus der Hand gefallen.

Dennoch strahlte Holly, als Manuel sie zurück nach Hause fuhr. »Vielleicht spiele ich doch noch mal als Hochzeitsgast mit«, überlegte sie. »Du nicht?«

Sophie schüttelte den Kopf. »Das Fest, du weißt doch …«

»Stimmt. Wann sind diese Wettbewerbe noch?«

Sophie schluckte. »Am Sonntag. Aber wie gesagt, morgen ist eigentlich der viel spannendere Tag.« Sie spürte, wie ihre Ohren anfingen zu glühen, denn das war natürlich eine Lüge.

»Hm, gedreht wird sowohl Samstag als auch Sonntag. Ich muss mich entscheiden, wann ich mitmache. Wenn ich morgen dabei wäre, würde ich nur irgendeinen Hochzeitsgast in der Menge spielen. Am Sonntag wäre ich eine von den Brautjungfern – natürlich nur von der Seite, damit nicht auffällt, dass ich schon als Restaurantgast dabei war. Das würde ich viel lieber machen. Die Kleider sind ein Traum!«

»Das solltest du unbedingt machen«, bemühte sich Sophie, ihre Freundin zu bestätigen. »Wann kann man schon eine Brautjungfer sein?« Wenn Holly morgen mit zum Fest käme und am Sonntag beim Dreh war, würde sie ihren peinlichen Auftritt beim Heuballenfest verpassen. Sophie hielt die Luft an.

»Mal sehen. Ich wäre allerdings auch gerne dabei, wenn du mit deinem Opa an diesem Gemüsewettbewerb teilnimmst. Vielleicht bringe ich euch ja Glück.«

»Na, mit Glück hat das nicht viel zu tun. Geh doch am Sonntag zum Dreh und morgen verbringen wir einen schönen Tag auf dem Fest zusammen. So eine Chance solltest du dir nicht entgehen lassen, wirklich. Die Wettbewerbe sind eh langweilig. Nichts für jemanden, der so ein aufregendes Leben führt wie du.«

Holly legte den Kopf schief. »Man könnte ja beinahe meinen, du willst mich loswerden.«

Unruhig rutschte Sophie auf ihrem Sitz hin und her. »Quatsch!«

Holly ließ nicht locker. »Willst du nicht, dass ich dabei bin?«

»Doch, klar, es ist nur …« Sophie suchte nach Worten.

»Ja?« Holly sah sie mit hochgezogenen Augenbrauen an.

»Ach nichts. Komm mit, wann du willst.« Sophie lächelte verkrampft.

»Okay«, sagte Holly. »Mal sehen. Und weißt du was? Nächstes Wochenende ist schon meine Party. Hast du dir schon überlegt, was du anziehst?«

Sophie schüttelte mutlos den Kopf. Wenn Holly tatsächlich am Sonntag mitkommen würde, würde sie sie danach vermutlich wieder ausladen, weil sie Sophie dann für das uncoolste Mädchen auf der ganzen Welt hielt.

Kapitel 19

Am nächsten Morgen wurde Sophie davon wach, dass Oma in der Küche laut mit Tellern klapperte und dazu summte. Sie wusch sich schnell und flitzte dann hinunter ins Erdgeschoss, wo ihre Großeltern gerade den Tag planten.

»Wenn wir gegen elf hingehen, können wir erst mal ein wenig an den Verkaufsständen schauen und dann auf dem Fest gemeinsam mittagessen. Um zwei starten die Traktoren ihre Tour. Danach könnten wir nach Hause gehen und eine Pause machen und abends zur Tombola wieder hingehen. Anschließend gibt es dann die Livemusik.« Opa hatte bereits alles durchgeplant.

»Haben wir denn für morgen alles fertig?«, fragte Oma und schaute prüfend auf ihren Korb mit den Marmeladen.

»Ja, ich denke schon«, nickte Opa.

»Gut, dann machen wir es so. Sophie, passt dir das? Oder bist du mit Holly verabredet?« Oma schob ihr Rührei auf den Teller.

»Ich weiß nicht, ich muss noch mal mit ihr reden. Heute oder morgen wollte sie noch mal beim Dreh mitmachen. Ich gehe gleich zu ihr und frage nach.«

Das tat sie dann auch, nachdem sie sich den Bauch vollgeschlagen hatte. Sie kroch durch die Hecke und kreuzte die Finger. *Bitte sei zu Hause,* schickte sie ein Stoßgebet zum Himmel, doch im Garten war keine Spur von Holly. Sophie überlegte, ob sie klingeln sollte, traute sich jedoch nicht. Sie betrachtete das Haus der van Nordens, aber es sah verlassen aus. Nirgendwo war ein Fenster geöffnet. War Holly zu den Dreharbeiten gegangen? Dann würde sie morgen beim Wettbewerb zusehen! Sophie schluckte. Vielleicht war Holly auch einfach vorgegangen und wartete beim Fest.

»Holly ist nicht da«, rief Sophie, als sie zurück war.

»Na, sie wird uns schon finden. Oldenkirch ist ja überschaubar«, beruhigte sie Opa und dann zogen sie los.

Bis zum Marktplatz war es eigentlich nicht weit. Doch heute dauerte der Weg ewig. Das ganze Dorf war auf den Beinen, und Oma und Opa blieben ständig stehen, weil sie jemanden trafen, den sie kannten, und einen kurzen Plausch hielten.

»Wie geht's Ihrer Frau, Herr Weber?«

»Ein Glück, dass alles wie geplant stattfinden kann.«

»Ja, diese Filmleute rauben einem den letzten Nerv.«

»Ach, haben Sie schon gehört, dass …«

Schon bald summten Sophie die Ohren. Doch irgendwann hatten sie das Fest dann doch erreicht. Wie jedes Jahr säumten kleine Buden die Hauptstraße, an denen Bauern, Hausfrauen und Vereine selbst gemachte Dinge verkauften. Hier gab es gestrickte Mützen, Honig aus der Region, Würste vom Rinderwirt, selbst gebackene Kuchen und vieles mehr. In der Mühlengasse waren die Attraktionen aufgebaut: ein Heuballenlabyrinth, ein Hau-den-Lukas-Spiel, eine Losbude, eine Hüpfburg für die Kinder und Dosenwerfen. So weit war alles beim Alten. Auch der Marktplatz sah auf den ersten Blick aus wie in den

Jahren zuvor. An der Kopfseite war eine große Bühne aufgebaut und neben dem Rathaus befanden sich die Stände mit Essen. Überall standen Figuren, die aus Heu gebunden waren. Nur auf der Seite, an der sich die Kirche befand, war eine Absperrung, hinter der die Dreharbeiten bereits im vollen Gange waren. Sophie konnte die großen Scheinwerfer sehen, die über den Köpfen thronten. Viel mehr war nicht zu erkennen, denn viele Schaulustige hatten sich an der Absperrung versammelt. Vermutlich um einen Blick auf Dana van Norden zu erhaschen oder um einfach mal einen echten Filmdreh zu beobachten. Denn das hatte es hier in Oldenkirch noch nie gegeben.

Oma ließ sich von dieser Tatsache nicht beeindrucken. Sie tat einfach so, als wäre alles wie immer, und steuerte energisch auf die Hauptstraße zu.

»Mal sehen, was die Grundschüler dieses Jahr gebastelt haben. Ich habe immer noch die Eierbecher von vor drei Jahren. Oder ist es schon vier Jahre her? Und ich muss unbedingt zum Stand des Heimatvereins, um zu sehen, wie meine Puppenkleider sich verkaufen. Hoffentlich bekommen die viel Geld zusammen für die armen Waisenkinder.«

Sie schlenderten durch die Menge, Oma kaufte dort einen Tischläufer mit Rentieren, hier eine Flasche mit Holunderblütensirup, und Opa erstand ein riesiges aus Holz geschnitztes Huhn, das er in den Vorgarten stellen wollte. Sophie verkniff sich ihren Kommentar. Das Teil sah wirklich scheußlich aus. Doch sie wollte die gute Stimmung nicht gefährden.

Am Stand des Heimatvereins führte Oma ein ausgedehntes Pläuschchen mit der Vorsitzenden Heidi, und da sie ganz in der Nähe der Absperrung standen, schlich sich Sophie davon, um bei den Dreharbeiten zuzusehen. Gerade war Drehpause, das erkannte sie sofort. Der rothaarige James huschte zwischen Teammitgliedern und Komparsen hindurch und schob eine Frau in gelbem Kleid nach rechts und einen Herrn mit Jackett in die zweite Reihe. Ole Leipold diskutierte mit einer jungen Frau, und der Schauspieler, der den Koch Olaf spielte, saß im Anzug auf einem der Regiestühle und hielt sein Gesicht in die Sonne. Sophie ließ ihren Blick über die Komparsen streifen. Hoffentlich war Holly heute noch nicht dabei und wartete auf morgen, damit sie im Brautjungfernkleid strahlen durfte!

»Na, das sieht ja spannend aus. Was machen die denn da alle?«, hörte sie Opas Stimme neben sich. Sophie lächelte ihm zu. Er war an ihre Seite getreten, und sie erklärte ihm, was die Leute am Set zu tun hatten. Opa hörte interessiert zu.

»Ach, da seid ihr. Ich suche euch schon überall!« Oma war nun auch zu ihnen gekommen und beäugte das Gewusel hinter der Absperrung kritisch. »Na, der halbe Marktplatz reicht doch für die«, sagte sie von oben herab. »Verstehe nicht, wieso die den ganzen haben wollten.« Sie schüttelte den Kopf.

Sophie seufzte, doch zum Glück hörte das niemand, denn Opa rief in dem Moment: »Schaut mal, ist das nicht Holly?«

Und tatsächlich, neben dem Kamerakran stand Holly und sprach mit ihrer Mutter, die in ein hübsches weißes Brautkleid gehüllt war. Sophie fiel das Herz in die Hose. Opa winkte, und schon bald hatte Holly sie erblickt. Sie sprach kurz mit Dana und deutete auf Sophie und ihre Großeltern, dann kamen die beiden auf sie zugesteuert.

»Ach«, machte Oma nun und lief ein wenig rot an.

»Herr und Frau Rauch«, rief Dana und reichte Oma und Opa

über die Absperrung hinweg die Hand. »Das ist aber schön. Wir hatten ja noch gar nicht die Gelegenheit, uns kennenzulernen.«

»Na, *wir* haben schon eine ganze Menge von Ihnen mitbekommen«, erwiderte Oma und sah Dana eindringlich an. Opa hielt Danas Hand währenddessen einen Tick zu lange. Dana ließ sich von alledem nicht beirren und redete einfach weiter. »Sie haben ja einen ganz zauberhaften Garten. Ich bewundere ihn immer von meinem Schlafzimmer aus. Sehr hübsch. Und Ihre Marmelade neulich – de-li-kat.«

Sophie sah Oma an, dass sie sichtlich geschmeichelt war. »Danke, das ist sehr freundlich von Ihnen.«

»Na, und wie schön sich die beiden Mädchen angefreundet haben!« Dana strahlte und warf Holly und Sophie abwechselnd liebevolle Blicke zu. »Ihre Enkeltochter ist aber auch ein reizendes Wesen.«

»Ja, danke«, stammelte Oma. »Wir mögen Holly auch sehr.«

»Wir drehen ja heute und morgen hier.« Dana sah Oma und Opa mit rehtreuen Augen an. Dann beugte sie sich etwas näher zu ihnen und flüsterte: »Ich habe gehört, dass das für jede Menge Missstimmung im Dorf sorgte. Ist das so?«

Opa winkte sofort ab. »Ach was.«

Doch Oma wollte den Ärger der letzten Tage nicht so leicht wegschieben. »Ja, wissen Sie, Frau van Norden«, sagte sie und bemühte sich um eine feste Stimme. »Wir alle hier …« Sie machte eine ausladende Bewegung mit der Hand und schaute sich nach hinten um. Sophie, die eben noch mit dem Schlimmsten gerechnet hatte, drehte ebenfalls den Kopf und sah, dass die Leute, die um sie herumstanden, sie mit offenen Mündern anstarrten. Die Leute vom Heimatverein nickten Oma sogar anerkennend zu. Bislang wusste wohl niemand, dass die Rauchs mit Dana bekannt waren.

Angesichts dieser Bewunderung zog plötzlich ein leichtes Lächeln über Omas Gesicht. Sie räusperte sich und sagte vielleicht ein wenig zu laut: »Ja, Frau van Norden, Sie haben unsere Nerven in den letzten Tagen ganz schön strapaziert. Aber nun haben wir doch einen guten Kompromiss gefunden, meinen Sie nicht? Außerdem freuen wir uns alle, dass Sie jetzt ein Mitglied unserer kleinen, aber feinen Gemeinschaft sind.«

Opa warf seiner Frau einen verwunderten Blick zu und Sophie musste sich ein Grinsen verkneifen. Oma genoss die Anerkennung der Dorfbewohner, das war klar. Vermutlich hatte noch kein einziger Oldenkirchner mit Dana auch nur ein Wort gewechselt – außer Oma.

»Ja, vielen Dank!« Dana lächelte gnädig. »Und entschuldigen Sie den Ärger. Ich habe auf solche Produktionsentscheidungen ja auch keinen Einfluss. Sagen Sie, kennen Sie noch Hans Riedler? Der spielt nämlich unseren Pfarrer.«

Omas Augen weiteten sich. »Hans Riedler? Den Hans Riedler, der in den alten Heimatfilmen mitgespielt hat? Aber natürlich! Ein toller Schauspieler!« Oma beugte sich etwas näher zu Dana. »Ich habe eine kleine Schwäche für ihn, wissen Sie?«

»Ich mache Sie nachher bekannt, wenn Sie möchten.« Dana lächelte gütig.

Omas Gesicht wurde ganz rosig. »Und er spielt den Pfarrer, sagten Sie?«

Sophie wand sich nun Holly zu. »Hey, ich war heute bei dir drüben.«

»Tut mir leid, wir sind schon früh los. Ich habe vergessen, dir Bescheid zu geben. Aber ich bin morgen beim Fest, ist doch toll, oder?« Holly sah sie erwartungsvoll an.

»Ja. Toll.« Sophie räusperte sich.

»Freust du dich nicht? Ich habe extra wegen euch auf meinen Brautjungfernauftritt verzichtet.« Holly funkelte sie an.

»Super, wirklich! Ich freu mich!« Sophie lächelte, so gut es eben ging.

»Prima. Die Kleider der Brautjungfern waren eh nicht so schön wie gedacht. Wann geht's denn morgen los?«

Sophie wiegte den Kopf hin und her. »Der Marmeladenwettbewerb ist um elf und der Kürbiswettbewerb um vier, glaube ich.«

»Okay, dann komme ich um kurz nach zehn zu euch rüber?«

Sophie nickte matt und bekam gerade noch mit halbem Ohr mit, dass Dana ihre Großeltern zu Hollys Geburtstagsparty einlud.

»Wir würden uns sehr freuen, wenn Sie auch kommen, oder Holly?« Dana war einfach perfekt in ihrer ganzen Art.

»Ja, wir müssen mal sehen. Mein Sohn und meine Schwiegertochter kommen am Tag davor, um am Sonntag gemeinsam mit Sophie nach Hause zu fahren.«

»Ach, bringen Sie die beiden doch auch mit. Wenigstens auf einen Sprung, ja?« Dana ließ nicht locker.

»Gut, wir versuchen es.«

»Ach, Gisela, nun stell dich doch nicht so an. Natürlich kommen wir gerne. Wann hat man schon mal die Gelegenheit, mit einer so berühmten Schauspielerin gemeinsam zu feiern?«, schaltete Opa sich ein und erntete dafür einen kecken Blick von Dana.

»Sie sollten mehr auf Ihren Mann hören, liebe Frau Rauch. Vielleicht hat der Herr Riedler auch Zeit. Ich frage ihn nachher. Auf alle Fälle freue ich mich auf Sie. Und jetzt muss ich mal wieder. Bis nächste Woche dann!« Dana winkte galant in die Runde und schwebte dann zurück zum Set.

»Ich muss auch los«, sagte Holly im Gehen. »Hier geht's gleich weiter. Wir sehen uns morgen!«

Sophie winkte und drehte sich dann ihren Großeltern zu.

Opa sah Dana noch immer hinterher. »Was für eine Frau!«, entfuhr es ihm.

»Karl, jetzt reiß dich aber mal zusammen!«, schalt ihn Oma.

»Ach, Gisela, du bist doch sowieso die Beste, das weißt du doch!« Opa tätschelte Oma den Arm, die gleich wieder versöhnlich dreinblickte.

»War das … habt ihr …«, stammelte eine Stimme hinter ihnen. Sophie drehte sich um und erkannte Heidi, die Vorsitzende vom Heimatverein, hinter sich.

Nun nickte Oma ganz kokett. »Ja, Frau van Norden wohnt doch neben uns.«

»Das wusste ich. Aber ich wusste nicht, dass sie euch tatsächlich kennt. Sie hat sich ja hier bisher eher bedeckt gehalten …« Die alte Frau in Dorftracht war fassungslos.

»Ich habe ihr neulich sogar zwei Gläser meiner Marmelade gebracht«, flunkerte Oma nun ein wenig, denn genau genommen hatte sie Holly die Gläser mitgegeben. »Sie hat sie sehr gelobt. Und so eine Frau von Welt muss das ja wissen. Ach, Frau Gießen«, grüßte sie nun eine andere Frau in Tracht, die neben Heidi stand und die Sophie sofort als langjährige Gewinnerin des Marmeladenwettbewerbs und ewige Konkurrentin Omas erkannte. »Sie sind auch hier? Wie ist denn Ihre Marmelade dieses Jahr geworden?«

Der restliche Samstag verlief gut. Oma genoss das Bad in der Menge, denn wie in einem kleinen Dorf üblich, sprach sich schnell herum, dass sie mit Dana van Norden befreundet war. Das stimmte zwar nur so halb, aber Oma hatte kein Interesse daran, das aufzuklären.

Die Traktorschau fand Sophie wie jedes Jahr eher langweilig. Aber bei der Tombola gewann sie immerhin einen Gutschein für den ortansässigen Buchladen. Und die Band, die am Abend auftrat, war auch recht gut. Opa kostete sich mit seinem Kegelverein durch die unterschiedlichen Schnapssorten, die einer der Bauern selbst brannte. Oma tingelte von einem Gespräch zum anderen und Sophie schaute immer mal wieder nach den Dreharbeiten. Doch als es anfing zu dämmern, packten die Filmleute zusammen, und Sophie beschloss, schon mal nach Hause zu gehen. Sie verabschiedete sich von ihren Großeltern und lief los. Immerhin musste sie sich noch etwas Kluges für den morgigen Tag ausdenken. Obwohl es schon 21 Uhr war, rief sie ihre beste Freundin Marie an. Die kannte ihre Sorgen ja schon.

»Ach, meldest du dich auch mal wieder?«, begrüßte Marie sie.

Sophie bekam ein schlechtes Gewissen. Sie hatte ihre Freundin in letzter Zeit wohl vernachlässigt. »Tut mir leid.«

»Du bist wohl zu sehr mit deiner Holly beschäftigt, ja?«

Sophie bemühte sich so gut sie konnte, Marie wieder zu beruhigen. Und schließlich wurde sie auch ihr Problem los, wegen dem sie eigentlich angerufen hatte.

»Letztendlich gibt es ja nur zwei Möglichkeiten«, überlegte Marie. »Entweder du redest mit deinen Großeltern und sagst ihnen, dass du dich nicht verkleiden möchtest, oder du redest mit Holly und erklärst ihr das alles.«

»Hm, hm«, machte Sophie. »Ich weiß.«

»Wo ist denn da aber das Problem? Ich finde es nicht schlimm, dass ihr euch verkleidet.«

»Ja, du bist aber auch anders als Holly. Die lebt eben in einer ganz anderen Welt als wir. Da ist alles Bling-Bling.« Sophie seufzte.

»Mag sein, aber wenn sie dich mag, ist ihr doch egal, wie du rumläufst. Außerdem trägst du ja nicht jeden Tag Jungssachen, sondern eben nur zu diesem besonderen Anlass morgen.«

»Ich weiß. Irgendwie komme ich mir selber albern vor in diesen Klamotten und möchte sie gar nicht anziehen. Aber Oma wäre wahnsinnig enttäuscht. Sie hat sich ganz viel Mühe gegeben und dauernd an den Anziehsachen rumgenäht.«

»Wenn du das nicht anziehen willst, solltest du es auch nicht tun.« Wenn Marie das sagte, klang das so einfach. Aber das war es eben nicht. Marie wusste ja nicht, wie Oma so drauf sein konnte.

»Du hast recht, Miechen. Vielleicht fällt mir noch was ein.« Sophie hatte keine Lust mehr weiterzugrübeln. Sie wusste ja selbst, dass keine Lösung vom Himmel fallen würde. Also ließ sie sich noch eine Viertelstunde von Marie erzählen, was es zu Hause Neues gab, und ging dann schlafen.

Kapitel 20

Am nächsten Tag sah die Welt natürlich nicht anders aus als am Abend zuvor, aber Sophie hatte beim Frühstück keine Zeit, darüber nachzudenken. Opa hatte Kopfschmerzen und stöhnte, und Oma schimpfte mit ihm, weil er zu viele Schnäpse durcheinandergetrunken hatte, während sie gleichzeitig einen Rock nach dem anderen an- und wieder auszog, weil sie sich nicht entscheiden konnte, welcher der richtige für den heutigen Tag war.

Sollte sie den roten wählen, weil er die gleiche Farbe hatte wie ihre Kirschmarmelade? Oder den grünen, weil Grün die Farbe der Hoffnung war? Oder doch eher den bunt geblümten, weil das ihr Glücksbringerrock war? Sophie stand im Türrahmen und sah dem Treiben amüsiert zu. Eine warme Woge durchfuhr sie. Sie hatte die beiden so lieb. Es waren zwei ganz besondere Menschen, ohne die sie sich ihr Leben gar nicht vorstellen konnte. Wie sollte sie es bloß fertigbringen, die beiden heute vor den Kopf zu stoßen?

»Wir müssen los, wir müssen los!«, drängte Oma plötzlich, nachdem sie auf ihre Armbanduhr geschaut hatte. »Es ist ja schon kurz nach zehn. Ich muss doch bis halb elf meine Gläser abgeben.« Sofort war das Rock-Dilemma vergessen, und sie merkte gar nicht, dass der grüne Rock, den sie gerade trug, so gar nicht zu ihrer lilafarbenen Bluse passte. Eilig schnappte sie sich ihren Korb, dass die Gläser nur so klirrten, und zog Opa vom Stuhl. Der Arme hatte nicht mal Zeit gehabt, sich die Haare zu kämmen, und sah etwas lädiert aus. Doch das machte Oma heute ausnahmsweise nichts aus. Sie scheuchte Opa und Sophie aus dem Haus.

»Ich muss noch auf Holly warten«, protestierte Sophie, doch Holly stand schon vor der Tür. Wie immer perfekt gekleidet.

»Guten Morgen«, grüßte sie freundlich. »Schauen Sie mal, Frau Rauch, ich habe nur für Sie mein Kirschenkleid angezogen.« Sie deutete auf kleine rot-grüne Tupfen, die ihr weißes Kleid zierten.

»Ach, Holly, das ist aber lieb von dir.« Oma war ganz gerührt. »Wir müssen uns jetzt aber beeilen. Wenn ich zu spät komme, werde ich disqualifiziert.« Oma spurtete los und Holly, Sophie und Opa schlenderten in aller Ruhe hinterher.

Auf der Bühne, auf der gestern die Liveband aufgetreten war, war heute ein langer Tisch aufgebaut, an dem bereits einige Herren in Anzug und Damen in Kostüm oder auch Tracht standen. Auf einem kleinen Beistelltisch waren ein paar Pokale und mehrere Preisbänder deponiert worden. Ein großes Plakat neben der Bühne verkündete das Programm des heutigen Tages:

11 Uhr Wettbewerb beste Marmelade
12 Uhr Wettbewerb bester Apfelkuchen
13 Uhr Wahl zur Miss Oldenkirch
wer hat die schönste Kuh im Dorf?
14 Uhr Vogelscheuchenwettbewerb
16 Uhr Wettbewerb größter Kürbis

»Miss Oldenkirch ist eine Kuh? Und ein Vogelscheuchenwettbewerb?«, fragte Holly skeptisch. »Was soll das denn sein?«

»Hast du die Vogelscheuchen nicht gesehen, die hier stehen?« Sophie deutete auf mehrere Figuren, die neben der Bühne, aber auch um den Marktplatz herum aufgebaut waren: ein hagerer Strohmann mit Zylinder, eine dicke Heufrau im geblümten Kleid und es gab sogar eine Piratenvogelscheuche. Manche der Puppen waren echte Kunstwerke und sahen nach viel Arbeit aus. Sophie konnte Hollys Gesichtsausdruck nicht deuten, als sie die Figuren betrachtete. Zwar lächelte sie, aber war da nicht auch eine Spur von Abfälligkeit? Doch Sophie blieb nicht viel Zeit zum Grübeln, denn schon stand Oma, die vor Aufregung ganz zitterig war, wieder neben ihnen.

»So, jetzt kann ich nichts mehr machen. Wir können nur noch Daumen drücken, dass es dieses Jahr reicht.«

Opa nahm ihre Hand und drückte sie fest. »Gisela, das wird schon.« Er sah immer noch ganz mitgenommen aus.

»Zumindest waren meine Gläser wirklich die hübschesten, das habe ich gesehen. Aber das ist ja nicht alles …«

Sophie fand ihre Oma gerade sehr niedlich. Sie hatte rosafarbene Wangen und zupfte die ganze Zeit nervös an ihrem Rock herum.

Bis der Wettbewerb losging, blieben noch ein paar Minuten, die Sophie und Holly nutzen, um die Vogelscheuchen genauer zu betrachten, und dann ertönte über die Anlage die Ankündigung des Wettbewerbs.

»Komm, wir müssen zu Oma«, rief Sophie, und die beiden bahnten sich ihren Weg zurück durch die Menge, bis sie wieder neben Oma und Opa standen.

Ein Herr vom Heimatverein moderierte den Wettbewerb. Insgesamt waren zehn Marmeladen eingereicht worden. Pflaumenmus von Frau Scholl, Rosengelee von Frau Huber, Holunderblütenaufstrich von Frau Hase und so weiter. Sogar ein Herr Gallus hatte eine Marmelade eingereicht und wurde für seinen Mut, als erster männlicher Teilnehmer aller Zeiten mitzumachen, sehr gelobt und für seine »Apfel mit Schuss«-Kreation ebenfalls. Omas ewige Rivalin Frau Gießen hatte dieses Jahr eine Pfirsich-Melba-Marmelade gekocht, und Oma machte sich große Sorgen, dass ihre Kirschmarmelade zu gewöhnlich war. Die Jury, die aus drei Damen und zwei Herren bestand, probierte und diskutierte, naschte und kommentierte. Zu süß, zu fest, ganz herrlich frisch und ungewöhnlich im Geschmack. So ging es eine gefühlte Ewigkeit. Doch irgendwann schien die Jury tatsächlich zu einem Ergebnis gekommen zu sein, denn die fünf Jurymitglieder gaben ihre Punkte ab. Jeder hatte zehn Karten mit den Punkten von eins bis zehn. Die wurden nun verdeckt hinter die Marmeladengläser gelegt. Zwei Frauen eilten herbei und begannen die Punkte zusammenzurechnen. Holly warf Sophie gelangweilte Blicke zu, Omas schweißnasse Hand krallte sich um Sophies Arm.

»Kommen wir nun zur Punktevergabe und somit zu den Gewinnern des diesjährigen Wettbewerbs«, verkündete der Moderator, der von den Assistentinnen den Punkteendstand übermittelt bekommen hatte. »Die Jury hat folgende drei Einreichungen zu den besten gekürt: Birne-Apfel mit Lavendel von Frau Bachmeier, Pfirsich Melba von Frau Gießen«, Omas Druck um Sophies Arm verstärkte sich, »sowie Kirsche von Frau Rauch.« Sophie meinte, die Steine, die Oma vom

Herzen fielen, hören zu können. Sie warfen sich erleichterte Blicke zu.

»Frau Zuber, möchten Sie nun den Gewinner verkünden?« Der Moderator hielt einer dicken Frau in Dirndl das Mikrofon sowie einen Zettel mit den Ergebnissen entgegen.

»Was die hier alle so anhaben!«, stöhnte Holly. »Wirklich kleinstädtisch!«

Sophie schluckte.

Auf der Bühne ging es derweil weiter. »Es ist ja keine Überraschung«, erläuterte Frau Zuber, deren Wangen schlagartig so rot wurden wie Omas Kirschmarmelade. »Wie jedes Jahr sind die drei genannten Damen im Finale. Wobei wir uns dieses Jahr schwergetan haben, denn auch Herrn Gallus' Beitrag war sehr gelungen.« Sie schaute sich suchend im Publikum um und nickte einem Herrn mit grünem Filzhut anerkennend zu. »Und auch Frau Seifert hat dieses Jahr …« Der Moderator tippte Frau Zuber an und deutete auf seine imaginäre Armbanduhr. Sophie, die einen Blick auf die Kirchturmuhr warf, sah, dass es bereits kurz vor zwölf war. Um zwölf sollte der nächste Wettbewerb stattfinden, da gab es sicher noch einiges vorzubereiten, daher sollte Frau Zuber sich wohl beeilen.

»Ja, gut.« Frau Zuber schaute auf ihren Zettel. »Also, Platz drei geht mit 42 Punkten an die Frau Bachmeier.« Oma hielt neben Sophie die Luft an, und selbst Holly, die eben noch gelangweilt wirkte, verfolgte das Geschehen mittlerweile gebannt. »Platz zwei geht … und da haben wir dieses Jahr zumindest eine Änderung … an Frau Gießen. Und Siegerin des diesjährigen Marmeladenwettbewerbs ist Frau Rauch mit ihrer Kirschmarmelade.«

Oma und Opa fielen sich in die Arme und auch Sophie und Holly kamen dazu und drückten Oma in ihrem lila-grünen Outfit fest.

»Frau Rauch, kommen Sie bitte auf die Bühne?«, mahnte der Moderator, dem das alles zu lange dauerte, und Oma drehte sich aus der gemeinsamen Umarmung, um strahlend nach vorne zu laufen.

Dort überreichte Frau Zuber ihr einen kleinen goldenen Pokal. Das Publikum applaudierte und Oma freute sich wie ein kleines Kind an Weihnachten. Holly pfiff laut auf zwei Fingern, und nun winkte Oma auch noch in die Menge, als wäre sie ein Superstar. Vielleicht war sie das in Oldenkirch heute auch, dachte Sophie.

Obwohl die Stimmung bei den Rauchs ausgelassen war, mussten sie über Mittag zurück nach Hause, denn der Kürbis musste noch verladen und zum Marktplatz gefahren werden.

»Ich schau noch mal rüber ans Set«, verkündete Holly. »Ich komme dann so gegen drei zu euch, ja?« Sie winkte und machte eine elegante Drehung, die ihren schicken Rock weit auffächerte. Sophie nickte dumpf, strich über ihre abgewetzte Jeans und folgte ihren Großeltern mit hängenden Schultern nach Hause. Mit jedem Schritt, den sie näher Richtung Haus kamen, wuchs ihr Entschluss: Sie würde das alberne Kostüm auf keinen Fall anziehen.

Nach dem Mittagessen lud Opa mit einem benachbarten Bauern den Kürbis auf den Anhänger eines Traktors. Wie jedes Jahr mussten die teilnehmenden Kürbisse zwei Stunden vor dem Wettbewerb zum Marktplatz geliefert werden.

»Knapp unter 200 Kilo, würde ich schätzen«, sagte der Bauer, als er das orangefarbene Monstrum mit dem Gabelstapler hochhob.

»Über 200 Kilo wäre besser.« Opa wiegte den Kopf hin und her, und zu Sophie gewandt sagte er: »Erbse, kommst du mit?«

Sophie schüttelte den Kopf. Sie wollte schauen, ob sie in der Zwischenzeit Oma die Sache mit dem Kostüm schonend beibringen konnte.

»In Ordnung, ich bin in einer halben Stunde zurück«, sagte Opa und stieg auf das Trittbrett des Traktors, der sich kurz darauf knatternd in Bewegung setzte. Opa, der sich mit einer Hand im Inneren der Fahrerkabine festhielt, winkte stürmisch, während der Traktor samt Anhänger langsam um die Ecke bog. Es war wirklich der aufregendste Tag des Jahres für Sophies Großeltern.

»Na, mal sehen, ob uns das Glück dieses Jahr doppelt hold ist«, sagte Oma, die ihren Pokal noch immer fest in der Hand hielt. Vermutlich würde sie ihn heute Abend mit ins Bett nehmen. Oder zumindest auf dem Nachttisch abstellen.

»Komm, wir kümmern uns schon mal um eure Kostüme.« Sie hakte sich bei Sophie unter und zog sie mit hinein ins Haus.

»Oma, ich wollte mit dir reden«, fing Sophie vorsichtig an.

Oma breitete derweil die bunten Hemden und die Latzhosen auf dem Küchentisch aus. Noch immer blendend gelaunt, sah sie auf. Ihre Augen funkelten richtig vor Freude. Sophie nahm all ihren Mut zusammen: »Ich möchte mich nicht verkleiden.«

Verständnislos blickte Oma sie an. »Was soll das heißen? Wir haben doch gemeinsam alles besorgt.«

Sophie ließ den Kopf sinken. »Ich weiß. Es ist nur so, dass

mir das irgendwie … na ja … peinlich ist.« Sie traute sich nicht hochzusehen.

»Peinlich?« Omas Stimme klang dumpf. Es entstand eine Pause, während Sophie weiterhin auf die dunkelgrünen Fliesen am Boden starrte.

Oma räusperte sich. »Kleines, wenn du dich nicht verkleiden willst, dann musst du auch nicht. Ich dachte, das würde uns allen Spaß machen. Aber du sollst nichts tun, was dir … peinlich ist.«

Sophie atmete erleichtert auf und sah Oma dankbar an. Omas Augen flackerten ein wenig, das konnte Sophie ganz genau sehen. Langsam strich Oma über die Flanellhemden. »Es sollte wirklich nur Spaß machen«, sagte Oma noch einmal. »Ich … ähm … ich werde mich jetzt oben noch ein wenig frisch machen, ja?« Noch einmal räusperte Oma sich, warf Sophie ein gequält wirkendes Lächeln zu und verschwand dann in den ersten Stock.

Sophie sah ihr lange hinterher. Auch wenn Oma nichts sagte, wusste Sophie, dass sie traurig und enttäuscht war. Ihr Herz bekam einen Stich. Sie wollte ihre Großeltern nicht verletzen. Eigentlich sollte sie jetzt erleichtert sein, dass sie die Sache mit der Verkleidung geklärt hatte, aber irgendwie fühlte sie sich noch schlechter als vorher.

Um den Kopf frei zu bekommen, beschloss sie, eine Runde zu drehen. Sie schrieb Oma einen Zettel, dass sie später zum Fest nachkäme, verließ das Haus und lief hinaus auf die Felder, die drei Straßenecken weiter anfingen.

Kapitel 21

Als Sophie anderthalb Stunden später wieder vor dem Haus ihrer Großeltern ankam, hatte sie einen Entschluss gefasst. Doch das Haus war einsam und verlassen. Es war kurz vor drei. Zum Glück hatte Oma einen Zweitschlüssel unter dem steinernen Igel im Vorgarten deponiert, sodass Sophie trotzdem ins Haus kam. In der Küche lag noch immer ihr Kostüm. Das von Opa war verschwunden. Vermutlich hatten die beiden es mitgenommen und waren jetzt schon auf dem Marktplatz. Sophie streichelte den karierten Stoff des Hemdes, das Oma für sie zurechtgelegt hatte. Da klopfte es ans Fenster. Sophie fuhr herum und sah Holly, die ihr fröhlich durchs Fenster zuwinkte.

»Es ist offen«, rief sie und sah sich verzweifelt nach einem Versteck für die Farmerklamotten um. Da sie so schnell aber nichts fand, warf sie die Sachen einfach unter den Küchentisch.

»Hi, was machst du?«, fragte Holly.

»Ich stehe hier nur so rum«, antwortete Sophie wenig schlagfertig. Sie ärgerte sich über sich selbst. Auf ihrem Spaziergang hatte sie den Entschluss gefasst, Holly alles zu sagen, doch nun stand sie so plötzlich vor ihr, dass Sophie keine Zeit gehabt hatte, sich ihre Worte zurechtzulegen.

»Aha. Und wo sind deine Großeltern? Wir müssen doch gleich wieder zurück zu dem Fest, oder?« Holly sah sich suchend um. »Ich dachte, ihr seid hier alle schon in heller Aufregung.«

Sophie nickte. »Sie sind … na ja, schon vorgegangen.«

»Ist alles okay mit dir?« Holly kam etwas näher.

»Alles bestens. Ähm. Also, ich habe Kopfschmerzen und weiß noch nicht, ob ich wirklich gehe«, stammelte sie.

»Sophie, was ist los? Hier stimmt doch irgendwas nicht. Und was ist das für ein Hut?« Holly deutete auf den Küchenstuhl, an dem sich Sophies Strohhut, der von Oma mit einer überdimensionalen Sonnenblume dekoriert worden war, verfangen hatte.

»Also gut«, schnaufte Sophie. »Meine Großeltern finden es wahnsinnig witzig, wenn Opa und ich uns zum Kürbiswettbewerb als Tom Sawyer und Huckleberry Finn verkleiden. Ich soll das alles anziehen und mit ihnen auf das Fest gehen. Voll peinlich, ich weiß. In den letzten Jahren fand ich das alles auch noch lustig, aber jetzt finde ich es blöd. Und vorhin war Oma wahnsinnig traurig, dass ich nicht mitmache«, brach es aus ihr heraus. Sie suchte in Hollys Gesicht nach einer Reaktion, aber die blieb aus.

»Und?«, fragte sie stattdessen.

»Jetzt habe ich beschlossen, dass ich mich doch verkleide, weil es Oma und Opa so wichtig ist und weil es mir irgendwie auch immer noch Spaß macht. Und du kannst mich jetzt richtig albern finden, weil ich so einen Quatsch mitmache – mich als Junge verkleide.« Sophie rollte mit den Augen.

In Hollys Gesicht regte sich noch immer nichts. »Warte einen Moment«, sagte sie nach einer kurzen Pause. »Bin gleich wieder da.«

Sophie malte sich die wildesten Dinge aus, was ihre Freundin jetzt machen würde. Wirklich erklären konnte sie sich die Reaktion von Holly nicht. Dennoch war sie froh, dass es endlich raus war und die Lügerei ein Ende hatte. Egal, was Holly nun tun würde. Wichtig war, dass Oma und Opa ihretwegen nicht traurig waren. Langsam begann sie, sich ihre Verkleidung anzuziehen.

Als Holly eine Viertelstunde später wieder vor ihr stand, staunte Sophie nicht schlecht.

»Was … Warum … Wie … wie siehst du denn aus?« Sophie traute ihren Augen kaum.

»Was denn?« Holly zuckte mit der Schulter und grinste breit. »Letztes Jahr waren Dana und ich auf einer Kostümparty in Hollywood eingeladen. Motto war *Your Favourite Movie*, und Danas Lieblingsfilm ist schon immer *Der Zauberer von Oz* mit Judy Garland. Also ist Dana als Dorothy gegangen und ich als Hunk, das ist die Vogelscheuche. Das war mir lieber als Löwe oder Zinnmann.«

Sophie kannte den Film nicht, von dem Holly sprach, aber das war auch egal. Holly trug ein ebenso kariertes Hemd wie sie – nur tailliert natürlich und etwas zu weit aufgeknöpft –, eine abgewetzte Jeans und seitlich auf ihrem Kopf war ein kleines hübsches Strohhütchen befestigt. Auf die rechte Wange und die Stirn hatte sie sich quadratische rote Gitter gemalt, die aussahen wie Flicken, und über den Mund hatte sie schwarze Striche gezogen, sodass es zusammen aussah, als wäre ihr Gesicht tatsächlich aus einem Jutesack genäht worden.

Sophie wusste nicht, was sie sagen sollte, doch Holly klatschte schon in die Hände. »Na los, bist du fertig? Einmal im Jahr darf man aussehen wie ein Junge. Und deine Großeltern freuen sich bestimmt, wenn wir da im Doppelpack aufkreuzen, meinst du nicht?«

Sophie grinste breit. »Ganz bestimmt! Aber ich dachte, du findest mich total blöd, weil ich so uncoole Sachen anhabe.«

Holly winkte ab. »Ach, weißt du, euer komisches Heuballenfest ist so schräg, dass es schon wieder lustig ist.«

Bis Sophie fertig war und Holly ihr Kostüm das hundertste Mal kontrolliert hatte, war es beinahe vier Uhr. Noch einmal betrachteten sich die zwei im Spiegel und lachten. Holly, die wohl hübscheste Vogelscheuche, die die Welt je gesehen hatte, und Sophie, die dank Hollys rosa Lippenstift zwar immer noch wie Huckleberry Finn aussah, aber zumindest etwas weiblicher.

»Wir wollten doch, dass es der beste Sommer unseres Lebens wird. Und da sind enttäuschte Großeltern wirklich fehl am Platz.« Hollys Spiegelbild zwinkerte Sophie zu. Mit dem Handy machten sie noch ein Foto und dann stürmten die beiden los.

Als sie am Marktplatz angekommen waren, hielt Sophie Holly zurück. »Warte kurz.« Sie befanden sich hinter der Bühne, auf der gerade der Moderator begann, die Teilnehmer vorzustellen, die sich neben ihren Kürbissen platziert hatten. Die Kürbisse waren riesig und lagen auf hölzernen Paletten. So konnte der Gabelstapler, der an der Seite bereitstand, die Kürbisse gleich auf eine überdimensionale Waage hieven.

»Da ist deine Oma«, sagte Holly und deutete mitten ins Publikum. Sophie erblickte sie nicht sofort, doch dann sah sie Oma, die immer wieder den Hals reckte und sich suchend umschaute.

»Sie schaut, ob du noch kommst. Und wo ist dein Opa?«

»Na da!« Sophie deutete auf die Bühne. Neben acht anderen Männern und Frauen, die offenbar auch Teilnehmer waren, stand Opa mit kariertem Hemd, Latzhose und Mistgabel in der Hand. Er war der Einzige, der ein Kostüm trug. Sophie sah ihn zwar nur von hinten, aber sie glaubte zu erkennen, dass seine Schultern traurig nach unten hingen. Sie musste schlucken. »Komm!« Sie wollte Holly unterhaken und nach vorne stürmen, doch die hielt sie zurück.

»Moment noch!« Holly schmunzelte und wartete so lange, bis der Moderator Sophies Opa vorstellte: »Letzter Teilnehmer ist Karl Rauch, den wir ja auch schon seit vielen Jahren hier begrüßen können. Ganz alleine diesmal?« Der Moderator schaute sich suchend um.

Opa nickte betreten. Da stürmte Vogelscheuchen-Holly los und zog Sophie hinter sich her.

»Nicht ganz alleine!«, rief sie laut und ein Murmeln ging durch die Menge. Sophie war das unsagbar peinlich. Erst wollte sie gar nicht mitmachen, und jetzt hatte sie den größten Auftritt, den man nur haben konnte. Doch Holly war voll in ihrem Element und ließ ihr keine Zeit zum Nachdenken. Sie gab dem Kürbis, der noch bis vor ein paar Stunden im Gemüsegarten gelegen hatte, einen Klaps, hakte sich bei Opa unter und drehte sich mit ihm im Kreis. Das Publikum lachte und klatschte, doch Sophie hatte nur Augen für ihre Oma, die mit offenem Mund dastand und die beiden Mädchen anstarrte. Sie winkte ihr zu und Oma winkte lachend zurück. Sie sah sehr glücklich aus. Und auch Opas Gesicht strahlte.

Während der Moderator das Ruder wieder übernahm und man allmählich mit dem Wiegen der Kürbisse anfing, legte er einen Arm um Holly, den anderen um Sophie und drückte beide fest an sich. »Schön, dass ihr da seid«, lachte er.

»Ich finde, wir drei sind ein super Team«, sagte Holly und Sophie grinste breit. Was für ein unglaubliches Mädchen diese Holly doch war. Und was für eine Idiotin sie selbst gewesen war, dass sie nicht viel früher mit ihr gesprochen hatte.

Der Gabelstapler hatte bereits sieben Kürbisse nacheinander auf die Waage befördert und eine junge Frau hatte mit großen schwarzen Zahlen das jeweilige Gewicht auf die Kürbisse geschrieben. Sophie hatte das Wiegen nicht sehr aufmerksam verfolgt, doch nun verglich sie die Zahlen. Der dritte Kürbis in der Reihe lag mit 203,8 Kilo vorne. Nun war ihr Kürbis an der Reihe. Der Gabelstapler näherte sich ihnen und hob den Kürbis samt Holzpalette langsam in die Höhe. Dann drehte er und fuhr den Kürbis zur Waage. Opa, Holly und Sophie folgten dem Gefährt. Holly winkte erneut in die Menge, und Sophie bewunderte sie wieder einmal dafür, dass es ihr so leichtfiel, sich selbst darzustellen – ob mit Federboa und Stöckelschuhen oder im Vogelscheuchen-Outfit.

Der Gabelstapler ließ den Kürbis langsam auf die Waage hinabgleiten. Gebannt starrten die umstehenden Leute auf die Digitalanzeige. Sophie hoffte so sehr, dass ihr Kürbis mehr wog als 203,8 Kilo, doch die Waage blieb bei 198,7 stehen. Sie warf Holly einen enttäuschten Blick zu, die betrübt die Schultern sinken ließ. Nur Opa lachte trotz allem, und während der Moderator verkündete, dass es für Familie Rauch nur für den zweiten Platz gereicht hatte und somit Herr Mattig diesjähriger Gewinner war, flüsterte er den Mädchen zu: »Aber den besten Auftritt hatte *ich*. Mit euch beiden. Die Herzen des Publikums gehören uns. Und das ist doch mehr wert als alles andere, findet ihr nicht?«

Kapitel 22

»Jetzt sind es nur noch drei Tage bis zu meiner Party«, sagte Holly in der Woche nach dem Heuballenfest und rieb sich sorgfältig den Sand von den Füßen.

Sophie, die noch immer bis zu den Knien im kalten See stand, nickte. »Ja, übermorgen kommen meine Eltern und am Sonntag fahren wir dann nach Hause.«

Holly zog eine Schnute. »Und ich muss am Montag wieder ins Internat. Aber egal, lass uns nicht daran denken.« Nun kramte sie aus ihrer riesigen Strandtasche ein rosafarbenes Tuch hervor, das sie sich um den Kopf wickelte. »Heute kommt noch mal die Frau vom Partyservice vorbei. Und Dad steigt morgen in den Flieger, dann ist er am Freitag hier. Ich freue mich so sehr auf ihn!« Ihre Augen strahlten.

Sophie kletterte ans Ufer und setzte sich zu Holly aufs Handtuch. »Das glaube ich. Wann hast du ihn das letzte Mal gesehen?«

»Letzten Sommer. Weihnachten hatte er keine Zeit. Er wird staunen, wie sehr ich gewachsen bin! Granny hat mir auch schon ein Paket geschickt. Sie steigt ja in kein Flugzeug.« Nachdenklich schob Holly sich ihre Sonnenbrille auf die Nase.

Sophie wusste nicht so recht, was sie dazu sagen sollte. Also sagte sie lieber nichts. Stattdessen lehnte sie sich zurück, verschränkte die Arme hinter dem Kopf und dachte nach. Sie hatte lange gegrübelt, was sie Holly zum Geburtstag schenken sollte. Sie würde mit all den teuren Geschenken, die Holly von Dana und ihrem Vater bekommen würde, nicht mithalten können. Was sollte sie ihr auch kaufen? Holly hatte ja alles. Doch dann war ihr eine Idee gekommen: Sie würde Holly ein Erinnerungsbuch basteln. Als sie mit ihren Großeltern einkaufen war, hatte sie in einem kleinen Schreibwarenladen ein hübsches blaues Heft mit Sternen gefunden.

Sophie fand, dass es total zu ihr und Holly passte. In das Heft hatte sie schon ein paar Bilder gemalt. Die Hecke, das Zelt im Garten, Omas Marmeladengläser … Dazu hatte sie Zeitungsausschnitte über den Filmdreh ausgeschnitten, einen Flyer vom Heuballenfest eingeklebt, und sie hatte sogar eine Anzeige des Hotels gefunden, in dem sie im Spa gewesen waren. Dann gab es noch Fotos vom Fest, die Oma gemacht hatte. Die waren zwar fast alle unscharf, aber egal. Sophie fand, dass es eine schöne Erinnerung an ihre gemeinsame Zeit war.

Heute wollte sie noch das Rezept von Omas Apfelkuchen abschreiben und vielleicht noch ein Bild vom Traktorausflug malen, den Opa vorgestern für sie beide organisiert hatte. Da Holly noch nie auf einem Traktor mitgefahren war, hatte Opa den befreundeten Bauern, der auch den Kürbis zum Marktplatz gefahren hatte, gefragt, ob er die Mädchen mit aufs Feld nehmen würde. Das war ein riesiger Spaß gewesen. Und gestern war Holly zu einer kleinen Wanderung mitgekommen, die die Rauchs unternommen hatten. Die war kürzer ausgefallen als geplant, weil Holly nicht die richtigen Schuhe anhatte, aber trotzdem hatten sie eine gute Zeit zusammen gehabt.

Sophie genoss ihre Ferien in vollen Zügen, auch wenn sie

wegen Holly ein wenig anders waren als in den letzten Jahren – viel aufregender eben.

»Kommst du morgen mit in die Stadt?«, fragte Holly nun. »Mein Kleid ist fertig, und wenn du noch nichts zum Anziehen hast, könnten wir dir in dem Laden auch etwas kaufen.« Holly hatte sich wieder aufgesetzt.

»Ich glaube nicht, dass ich mir das leisten kann …«, gab Sophie ehrlich zu.

»Ach was.« Holly machte eine abfällige Handbewegung. »Dana zahlt das.«

»Nein, das wäre mir unangenehm. Ich habe ja ein Kleid dabei, das wird reichen. Es ist ja auch nicht meine Party.« Sophie konnte sich ein Grinsen nicht verkneifen. Sie wusste natürlich, wie wichtig Holly ihr Party-Outfit war. Schon Monate vorher hatte sie Magazine durchforstet, Dana hatte aus Italien einen besonderen Stoff kommen lassen und schließlich sollte ein Schneider das perfekte Kleid anfertigen. Sophie hatte Entwürfe gesehen, doch für sie sah es nicht viel anders aus als Kleider aus dem Kaufhaus. Aber sie kannte sich damit eben nicht aus.

»Wie du meinst«, sagte Holly. »Aber dann sehen wir uns morgen vermutlich gar nicht.« Sie warf einen Blick auf ihr Handy und fing langsam an, ihre Sachen zusammenzupacken.

»Hm, und am Freitag kommen meine Eltern. Da kann ich nur vormittags.« Sophie stand auf und schüttelte ihr Handtuch aus. Ein wenig Sand rieselte dabei auf Holly.

»He, pass auf. Jetzt sehe ich aus wie ein paniertes Hühnchen.« Sie lachten. »Freitagvormittag kann ich nicht. Da fahre ich zum Flughafen, Dad abholen. Tja, dann sehen wir uns erst am Samstag auf der Party. Um 15 Uhr geht's los.«

Sophie spürte einen Kloß im Hals. Die Zeit verging einfach viel zu schnell. Wenn sie Holly erst am Samstag wiedersah und sie am Sonntag schon wieder abreiste, war das hier ihr letzter Nachmittag zu zweit. Auf der Party würde Holly sich nicht viel um sie kümmern können und am Sonntag würden ihre Eltern sicher nicht allzu spät aufbrechen wollen. Vielleicht konnte sie die beiden überreden, erst nach dem Mittagessen zu fahren. Sie seufzte.

Holly schaute sie skeptisch an. »Alles in Ordnung?«

Sophie nickte. »Klar.« Sie wollte ihre Freundin nicht mit ihrer schlechten Laune anstecken.

»Ach, meine Kleine, was hab ich dich vermisst!« Ihre Mutter umarmte sie so stürmisch, dass Sophie kaum mehr Luft bekam. Aber das machte nichts. Sie freute sich so sehr, ihren vertrauten Geruch einzuatmen, dass sie es geschehen ließ. Nun schob Mama sie ein Stück von sich und betrachtete sie durchdringend. »Ich glaube, du bist gewachsen!«

»Ach Mama, hör doch auf.«

Dann kam auch ihr Vater dazu, der eben noch seine Eltern umarmt hatte, und drückte Sophie an sich. »Ja, ich glaube auch, ein oder zwei Zentimeter bestimmt!«

»Na hoffentlich passt dir das, was wir aus Norwegen mitgebracht haben, überhaupt noch.« Mama zwinkerte ihr zu.

»Jetzt holt doch erst mal euer Gepäck und setzt euch hin. Ich habe einen Kuchen gebacken. Und dann wollen wir alles über eure Kreuzfahrt wissen, ja?« Oma schob Papa raus und Mama rein und zehn Minuten später saßen sie alle zusammen auf der Terrasse und hatten Käsekuchen auf den Tellern.

Ihre Eltern erzählten von ihrer Kreuzfahrt, auf die sie sich so lange gefreut hatten und die Mama von der ganzen Familie zum vierzigsten Geburtstag geschenkt bekommen hatte.

Oma und Opa berichteten von ihren Erfolgen beim Heuballenfest und Sophie erzählte alles über den Dreh, Holly und natürlich Dana.

»Wer hätte gedacht, dass Oldenkirch eines Tages mal so aufgemischt wird!«, sagte Papa. »Wenn wir das gewusst hätten, wären wir nie hier weggezogen.« Er lachte laut.

»Ach Nico, hör auf!« Mama pikste ihn in die Seite.

»Wir würden uns freuen, wenn ihr wieder herzieht, das wisst ihr ja. Der Hof vom alten Huber ist frei, der ist ins Heim gegangen«, warf Opa nuschelnd ein. Er liebte Käsekuchen mindestens genauso sehr wie Apfelkuchen.

»Nee du, lass mal, wir kommen gerne zu Besuch her, aber sonst wäre es nichts für uns.« Papa schaufelte sich ein weiteres Stück Kuchen auf den Teller und erntete dafür einen strafenden Blick von Mama. »Oder Sophie, was meinst du?«

Sophie dachte nach. Ja, es waren großartige Ferien gewesen. Dank Holly auch viel aufregender als in den letzten Jahren. Aber Holly würde ins Internat zurückgehen, der Film wäre bald abgedreht und Dana würde dann sicher irgendwo anders einen neuen Film drehen. Vermutlich würden sie und Holly sich hier eh nur in den Ferien treffen. Und wer weiß, vielleicht würde Dana das Haus auch irgendwann wieder verkaufen. Also schüttelte sie den Kopf.

»Nein, für immer möchte ich nicht hier wohnen. Ich vermisse Marie sehr und meine Freunde in der Schule. Und ich freue mich auf mein Zimmer. Aber für die Ferien ist das hier der perfekte Ort.«

Oma strahlte, als sie das sagte. Und Opa, der neben Sophie saß, drückte ihre Hand.

»Kommt ihr denn morgen eigentlich alle mit zu der Gartenparty von Holly?«, fragte Sophie nun.

Mama und Papa sahen sich unwissend an.

»Ihr seid eingeladen! Von Dana höchstpersönlich!« Sophie grinste breit und Oma nickte zustimmend.

»Tja, wenn Dana van Norden uns auf ihrer Gartenparty dabeihaben möchte, wollen wir sie nicht enttäuschen, was?«, sagte Papa.

»In Ordnung. Und vielleicht kannst du ja dann das gebrauchen, was wir dir mitgebracht haben«, sagte Mama, erhob sich und begann, im Koffer zu kramen, der noch im Flur stand. Kurz darauf kam sie mit einer roten Tüte zurück, die sie Sophie überreichte.

Neugierig öffnete Sophie sie und hielt kurz darauf ein hellblaues Stufenkleid in den Händen. Der Stoff war zart gemustert und an den Nähten war eine hübsche weiße Häkelborte angebracht. Es war wunderschön.

»Gefällt es dir? Umtauschen können wir es natürlich nicht, es ist aus Oslo.«

Sophie nickte. »Es ist toll. Das ziehe ich morgen gleich an! Danke!«

»Bist du denn mit deinem Geschenk fertig geworden?«, fragte Oma nun.

»Noch nicht. Ich muss heute noch ein, zwei Bilder malen.« Sophie zeigte voller Stolz das Buch, das sie für Holly gebastelt hatte. Sie hoffte so sehr, dass Holly sich freuen würde.

Kapitel 23

Samstagfrüh, als Sophie noch im Bett lag und die letzten Seiten ihres Krimis las, klingelte das Telefon.

»Sophie!«, rief Oma von unten.

Sie seufzte. In den letzten zwei Wochen war sie kaum zum Lesen gekommen und gerade war es so spannend.

»Sophie!«, rief Oma noch einmal, diesmal etwas lauter. »Es ist Holly!«

Was wollte Holly so früh am Morgen? Rasch warf sie einen Blick aus dem Fenster und schaute in den Garten. Gestern waren schon Stühle und Tische angeliefert worden, und jetzt waren bereits ein paar Leute dabei, mehrere weiße Pavillons aufzubauen.

Schritte näherten sich und kurz darauf schwang die Tür auf. »Hörst du mich nicht?« Oma hielt den Telefonhörer in der Hand.

»Doch, tut mir leid«, antwortete Sophie und nahm ihr den Hörer aus der Hand. »Guten Morgen, was gibt's denn so früh? Alles Gute zum Geburtstag erst mal!«

»Danke«, sagte Holly kurz angebunden. Sophie, die sie mittlerweile gut kannte, konnte ihrer Stimme anhören, dass irgendetwas so ganz und gar nicht stimmte.

»Was ist passiert?«

»Dad ist nicht gekommen!«

»Was?« Sophie konnte es nicht glauben. Holly hatte sich doch so darauf gefreut!

»Ja. Kurz bevor Manu mich zum Flughafen fahren sollte, hat Dad angerufen. Er hat den Flieger verpasst. Was irgendwie komisch ist, denn der Flug dauert ja dreizehn Stunden. Da hätte er auch schon früher anrufen können. Dana sagt, er hat es sicher einfach vergessen.« Alleine beim Zuhören tat Sophies Herz weh. Wie musste sich da Holly erst fühlen?

»Holly, das ist … das tut mir so leid.« Sophie wusste kaum, wie sie ihr Mitgefühl in Worte packen sollte.

»Ja, und Dana musste jetzt auch noch mal kurz weg. Wir haben zwar zusammen gefrühstückt und sie hat mir Pancakes gemacht, aber jetzt bin ich ganz allein. Willst du rüberkommen?«

»Klar! Ich frühstücke schnell und komme dann. Bis gleich!« Sophie legte auf und griff sich dann das Kleid, das ihre Eltern ihr mitgebracht hatten. Sie stürmte erst ins Bad, machte sich fertig und lief schließlich in die Küche.

»Ich muss rüber zu Holly. Die Arme ist ganz allein – und das an ihrem Geburtstag!«, rief sie. Sie schnappte sich ein trockenes Brötchen, kündigte an, zum Mittagessen wieder da zu sein, und verließ winkend das Haus.

Als sie aus dem Durchgang in der Hecke schlüpfte, wartete Holly bereits auf sie. Sophie umarmte sie. »Alles Gute! Wie geht's dir denn? Wegen deinem Vater, meine ich.«

Holly winkte ab. »Ach, lass uns nicht darüber reden. Wir haben auch gar keine Zeit.« Sie zog Sophie hinter sich her. »Die Frau vom Partyservice kommt gleich wegen der Deko. Überall werden weiße Lampions aufgehängt – in die Bäume, über die Tische, und ich glaube, sie spannt sogar Leinen über die

Tanzfläche. Abends leuchten die Lampions dann. Das sieht bestimmt großartig aus, was meinst du? Der DJ kommt um eins und das Essen um zwei. Bis dahin ist Dana aber sicher wieder da. Ein paar Freunde von ihr sind schon angereist, die wohnen in unseren Gästezimmern. Minnie wollte auch kommen, aber sie musste dann doch absagen. Sie ist schwanger, weißt du, und die Anreise war ihr zu beschwerlich. Das verstehe ich, auch wenn ich es wirklich traurig finde. Aber ich werde sie bald besuchen fahren. Sie lebt jetzt in Südfrankreich. So schade, dass sie uns nicht mehr auf Reisen begleiten wird.« Holly plapperte ohne Pause und Sophie konnte ihr kaum folgen. Sie war nur froh, dass sie die Enttäuschung scheinbar überwunden hatte. Das ging bei Holly ja immer wahnsinnig schnell.

Die beiden Mädchen halfen ein wenig bei den Vorbereitungen, doch als die Dame vom Partyservice kam, überließen sie ihr das Feld und zogen sich in Hollys Zimmer zurück.

»So, jetzt wirst du staunen: Mein Kleid!« Holly hatte kaum die Tür zu ihrem Zimmer geöffnet, als sie schon auf die beigefarbene Kleiderhülle zustürmte, die am Schrank hing. Ehrfürchtig öffnete sie den Reißverschluss und holte ein rosaweiß gemustertes Kleid mit weitem Rock hervor.

»Soll ich es anziehen?«, fragte sie, wartete jedoch Sophies Antwort gar nicht ab. Sie warf ihre Jeans in die Ecke und stieg vorsichtig in ihr Partyoutfit. Sie drehte sich im Kreis und der Rock breitete sich zu einem großen Teller aus. »Na, was sagst du?«

»Sehr hübsch«, musste Sophie zugeben.

»Ich bin so aufgeregt. Und ich hoffe, dass es Fintan gefallen wird. Er ist schon da, weißt du? Gestern Abend angereist. Er wohnt bei Boris im Hotel.« Holly hüpfte auf der Stelle auf und ab. »Uah, heute ist der große Tag!«

Sophie konnte nicht anders, als breit zu grinsen.

»Hast du auch ein neues Kleid an?«, fragte Holly nun.

Sophie nickte. »Ja, haben mir meine Eltern aus Oslo mitgebracht. Gefällt es dir?«

»Ja, sehr hübsch. Steht dir. Mittags kommt Dana wieder und sie bringt ihre Maske Judith mit. Die schminkt uns. Wenn du willst, bekommst du auch ein Touch-up.«

Sophie wollte gerade fragen, was ein Touch-up eigentlich war, als Hollys Handy klingelte.

»Ah, wer ruft jetzt schon wieder an? Den ganzen Tag steht mein Telefon nicht still.« Holly schnappte sich ihr Glitzerhandy, und Sophie wunderte sich, weil sie das Telefon gerade zum ersten Mal klingeln hörte, seit sie hier war.

»Oh Dad, how are you?«, flötete Holly nun in ihr Handy. »I miss you so much!« Zehn Minuten lang plauderte Holly mit ihrem Vater in perfektem Englisch. Sophie, deren Schulenglisch höchstens mittelmäßig war, verstand kaum ein Wort. Irgendwann stieß Holly einen Freudenschrei aus, machte wilde Gesten, doch Sophie konnte sie nicht deuten.

»Okay Dad, love you, bye!« Holly legte auf, warf das Handy aufs Bett und begann, Pirouetten zu drehen. »Stell dir vor, ich fahre in den Herbstferien zu Dad. Wir treffen uns in New York, da hat er zwei Gigs und dann verbringen wir ein paar Tage zusammen. Vielleicht machen wir sogar einen Abstecher auf die Bahamas. Ist das nicht der Wahnsinn?«

Sophie konnte nicht anders, als sich mit ihrer Freundin mitzufreuen. Und trotzdem fand sie Hollys Leben irgendwie merkwürdig. War sie anfangs noch voller Neid gewesen, wusste sie mittlerweile ihre stinknormale Familie, bei der alles in geordneten Bahnen verlief, sehr zu schätzen.

Sie blieben noch eine Weile in Hollys Zimmer, und Holly erzählte von ihrem Vater und ihrer Granny, die sie beide so sehr vermisste, aber jetzt freute sie sich einfach nur auf das Wiedersehen im Herbst. Sophie hoffte, dass dem Vater dann nicht wieder etwas dazwischenkommen würde.

Um zwölf verabschiedete Sophie sich, weil sie wusste, dass ihre Familie auf sie wartete. Sie hatte Holly eingeladen, zum Essen mitzukommen, doch sie wollte lieber die Partyvorbereitungen verfolgen. Außerdem erwartete sie Dana jeden Moment zurück.

Kapitel 24

Nach dem Mittagessen und einem kleinen Spaziergang klingelte Sophie um kurz nach drei am Eingangstor der van Nordens. Sie hatte sich nicht getraut, den Heckendurchgang zu benutzen. Durch ihr Dachfenster hatte sie gesehen, dass die Vorbereitungen pünktlich abgeschlossen und die ersten Gäste eingetroffen waren. Ihre Eltern und die Großeltern wollten nicht so früh zur Party rübergehen, doch Sophie ließ sich nicht davon abhalten.

Sie wischte ihre schwitzigen Hände an ihrem neuen Kleid ab, als das Tor geöffnet wurde und ein Herr in Anzug eine Verbeugung andeutete. »Guten Tag, darf ich um Ihren Namen bitten?«, fragte eine junge Frau mit Klemmbrett, die neben ihm stand.

»Sophie Rauch«, antwortete Sophie matt. Was, wenn Holly vergessen hatte, sie auf die Gästeliste zu schreiben? Die Frau blätterte durch ihre Liste, machte einen Haken und nickte dann freundlich. »Bitte, gehen Sie durch und viel Spaß!«

Sophie lief langsam auf das Haus zu. Der Partyservice hatte ganze Arbeit geleistet. Der Garten sah fantastisch aus. Die weißen Lampions hingen wirklich überall – es mussten an die hundert sein. Dazu die weißen Pavillons, in denen weiß gedeckte Tische und Stühle mit weißen Hussen standen, weiße Blumenbouquets überall – Sophie war sprachlos. Suchend schaute sie sich nach Holly um, doch da kam schon Dana auf sie zugestürmt, die in einen schicken weißen Hosenanzug gekleidet war.

»Sophia, wie schön, dass du da bist. Wo ist denn deine Familie?« Dana hauchte ihr mit ihren knallroten Lippen Küsschen auf die Wangen.

»Die kommen etwas später.« Sophie zupfte nervös an ihrem Kleid herum.

»Sehr schön, das freut mich. Ich bin so froh, dass Holly hier in dir eine Freundin gefunden hat.« Dana drückte Sophies Arm. »Ich habe sie gerade dort hinten beim Buffet gesehen.« Sie deutete auf eins der Zelte.

»Danke, ich werde mich mal auf die Suche machen«, antwortete Sophie, grinste fröhlich und ging in die Richtung, die Dana ihr gedeutet hatte.

Tatsächlich stand Holly am Buffet und begutachtete die Etageren, auf denen sich unfassbar lecker aussehende Häppchen stapelten. Kleine Spießchen und Röllchen, hübsche Gläser mit Salaten, Oliven, belegte Brötchen, ein riesiger Schinken, dazu silberne Warmhalteplatten. Es war gigantisch.

»Da bist du ja!« Holly umarmte sie. »Na, wie gefällt's dir?«

»Es sieht alles großartig aus! Und du auch.« Sophie wusste, dass sie Holly damit eine Freude machte. Eigentlich fand sie, dass der Lippenstift, den die Frau von der Maske ihr aufgetragen hatte, etwas zu grell war, aber trotzdem war Holly wunderschön. Besonders ihre Haare sahen traumhaft aus. Sie waren zu einem dicken Zopf geflochten, in den kleine weiße Blüten eingewoben waren.

»Danke!«, hauchte Holly. »Ich bin auch ganz doll aufgeregt!«

»Das glaube ich dir! Mein Geschenk gebe ich dir nachher, ja?« Sophie hatte sich beim Verpacken des Buches noch ganz viel Mühe gegeben. Oma hatte ein wenig geholfen. Sie wollte es Holly aber erst am Abend geben, kurz bevor sie sich verabschieden mussten. Sie schaute sich um und begutachtete die anderen Gäste. »Wer sind die denn alle?«, fragte sie.

»Viele Kollegen meiner Mutter. Das da ist ein Produzent, da ist Ole, den kennt du ja. Die Gruppe da hinten«, Holly deutete auf einen Trupp am Rande des Gartens, »kenne ich gar nicht.«

»Hm«, machte Sophie. »Kommen denn noch andere Freundinnen von dir?«

»Viele sind in den USA und in der Schweiz. Poppy ist über den Sommer auf Mauritius und Scarlett in der Karibik. Erin wollte eigentlich kommen, belegt jetzt aber doch noch ein paar Sommerkurse im Internat. Na ja. Wir haben vorhin geskypt. Und du bist ja da.« Holly ließ sich einfach nicht die Laune verderben, das fand Sophie bewundernswert.

»Und wer kommt sonst … von deiner Familie?«, fragte Sophie vorsichtig.

Holly hob die Schultern. »Dad und Granny nicht, weißt du ja. Und meine Mutter hat den Kontakt zu ihrer Familie abgebrochen. Leider. Nur die Großtante meiner Mutter kommt. Das ist die Einzige, die wir noch treffen.«

Sophie erinnerte sich, dass Holly ihr das schon mal erzählt hatte, und ärgerte sich, dass sie so unsensibel war.

»Ah, schau mal, da kommt Judith, die Maske. Willst du vielleicht doch ein bisschen Lippenstift? Oder eine Hochsteckfrisur? Ich kann sie fragen, das macht sie sicher gern.«

»Nein danke«, lehnte Sophie ab. »Das ist lieb, aber heute ist dein Tag.«

Holly legte den Kopf schief. »Jetzt stell dich nicht so an.« Und als Sophie sich noch immer zierte, fügte Holly hinzu: »Dafür, dass ich dir die Vogelscheuche gemacht habe, lässt du dich jetzt von Judith schminken, okay?«

Nun konnte Sophie nicht anders als Ja sagen.

Judith, eine sympathische Frau in bunten Hippieklamotten, gesellte sich zu den beiden.

»Holly, bist du zufrieden mit deiner Party?«, fragte sie.

»Ja, sehr. Schau, das ist meine Freundin Sophie«, stellte sie Judith und Sophie vor.

»Freut mich, ich habe schon von dir gehört.« Judiths Lächeln war ganz warm und Sophie mochte sie sofort.

»Würdest du sie schminken?«, fragte Holly und Judith nickte.

»Klar, kommt mit.« Judith führte sie in Danas Ankleidezimmer, in dem sie einen mobilen Maskentisch aufgebaut hatte, und machte sich gleich ans Werk. Sophie kannte das ja bereits von Meikel, aber bei Judith fühlte sie sich viel wohler. Mit dem Ergebnis war sie dann auch wirklich zufrieden. Es sah ganz natürlich aus, nur eben etwas frischer. Sie fühlte sich richtig hübsch.

»Du siehst großartig aus«, jubelte Holly und beide Mädchen bedankten sich bei Judith.

»Gerne! Ich habe noch ein kleines Geschenk für dich, Holly. Ich habe gehört, das tragen gerade alle Mädchen in deinem Alter«, sagte sie und überreichte Holly ein winziges Päckchen.

Holly riss es sofort auf und ihr fiel ein hübsches kleines Armkettchen mit einem winzigen Sternanhänger in die Hände.

»Oh, danke, es ist total schön. Ich mache es gleich um!« Holly band sich das dünne Lederband um das Handgelenk und schaute es bewundernd an. »Sehr schön!«

»Es soll Glück bringen«, erklärte Judith und zu dritt gingen sie wieder nach draußen.

»Holly!«, rief Dana. Es waren neue Gäste angekommen, die Holly begrüßen musste. Sophie nutzte die Zeit und schlenderte durch den Garten, der ihr so vertraut war, aber irgendwie auch wieder gar nicht.

In dem Zelt neben dem Buffet war ein Tisch aufgebaut worden, auf dem eine mehrstöckige weiße Torte stand, die mit zartlila Blüten verziert war. Drum herum war noch ein gigantisches Dessertbuffet arrangiert worden. Und natürlich durfte der Geschenketisch nicht fehlen. Obwohl die Party erst vor Kurzem angefangen hatte, stapelten sich schon riesige Kartons in allen Farben. Holly bekam zum Geburtstag vermutlich so viele Geschenke wie alle Kinder aus Sophies Klasse zusammen – im ganzen Jahr. Kurz dachte Sophie an ihr Geschenk und hoffte, dass Holly nicht enttäuscht sein würde.

»Da bist du!«, hörte Sophie Holly irgendwann hinter sich. »Ich brauche dich. Fintan kommt!« Ihre Hand umklammerte Sophies Arm und ihre Augen hatte sie weit aufgerissen. Hand in Hand liefen die Mädchen Richtung Gartentor. »Oh, was bin ich nervös. Hoffentlich geht mein Wunsch in Erfüllung!«, flüsterte Holly, deren Wangen ganz rosa waren. Und auch Sophie musste zugeben, dass ihre Knie sich plötzlich etwas wackelig anfühlten. Gleich würde sie Fintan Goldstein kennenlernen, du liebe Güte!

Dana begrüßte bereits Boris, und ein wenig abseits stand

er – Fintan, der Traum aller Mädchen. Sophies Herz pochte wie wild. Er war viel kleiner, als sie gedacht hatte. Kaum größer als sie selbst. Aber er sah toll aus. Sein halblanges braunes Haar schimmerte im Sonnenschein. Eine Sonnenbrille steckte auf seinem Kopf. Er trug eine Jeans, ein dunkles Shirt und darüber ein offenes kariertes Hemd, was total lässig aussah. Er schaute ein wenig gelangweilt in der Gegend herum, aber das würde sich bestimmt gleich ändern. Dafür würde Holly schon sorgen.

»Holly!«, rief Boris und umarmte sie. »Alles Gute zum Geburtstag!« Er drückte ihr einen Umschlag in die Hand, auf dem das Logo einer superteuren Modefirma prangte. »Neue Anziehsachen können Mädchen in deinem Alter doch immer brauchen, oder? Da suchst du dir was Hübsches aus.« Er zwinkerte ihr kurz zu, und auch Sophie schien er zu erkennen, immerhin lächelte er kurz.

»Sohn, komm her. Erinnerst du dich an Holly?« Boris Goldstein zog Fintan heran, der erst Holly und dann Dana brav die Hand schüttelte. Sophie wunderte sich, wieso Boris Goldstein Fintan mit »Sohn« ansprach. Fintan grunzte etwas, das wie »Herzlichen Glückwunsch« klang, und überreichte Holly sein Geschenk. Mit zittrigen Fingern öffnete Holly das Päckchen. Es enthielt ein Buch.

»Meine … äh, eine Freundin von mir liest das gerade. Ist mit Vampiren. Ich dachte, du magst das.« Fintans Gesicht regte sich kaum. Es schien, als wäre er gar nicht gerne hier.

Holly schaute zwischen dem Buch und Fintan hin und her. »Danke. Das ist super. So etwas lese ich voll gerne.« Sophie kannte Holly mittlerweile so gut, um zu wissen, dass sie schwindelte.

»Dann lassen wir euch Hübschen mal allein«, trällerte Dana und zog Boris mit sich.

»Das ist übrigens meine Freundin Sophie«, stellte Holly Sophie vor. Fintan reichte auch ihr die Hand, die unangenehm feucht war. Unauffällig wischte sie sich die Finger an ihrem Kleid ab. Doch der Blick in Fintans Gesicht ließ ihr Herz trotzdem schneller schlagen.

»Ganz hübsch hier«, sagte Fintan und schaute sich um.

»Ja, wir wohnen erst seit Kurzem hier. Aber die Handwerker haben ein halbes Jahr vorher alles umgebaut. Und Sophie wohnt direkt nebenan, ist das nicht toll?« Hollys Augen glitzerten. »Wenn du willst, zeige ich dir nachher alles.«

Fintan zuckte mit der Schulter. »Vielleicht.« Ausdruckslos sah er die beiden Mädchen an. »Ist es hier nicht schrecklich öde?«

Holly und Sophie tauschten Blicke. »Nein, eigentlich nicht«, antwortete Holly schließlich.

»Das ist doch ein totales Kuhkaff hier.« Fintan machte eine ausladende Handbewegung.

»Na ja, wir sind nicht das ganze Jahr hier. Sonst bin ich im Internat«, sagte Holly. »Aber ich mag es hier.«

Sophie freute sich, dass Holly mittlerweile Gefallen an Oldenkirch gefunden hatte.

Fintan rümpfte die Nase. »Also, ich würde hier sterben vor Langeweile. Echt.«

Eine unangenehme Stille kam auf.

»Tja, ähm, und was machst du sonst so?«, fragte Holly betont fröhlich.

»Ich bin auf deinem Geburtstag«, antwortete Fintan gelangweilt und nestelte in seiner Hosentasche herum.

»Ja, ich weiß. Aber sonst so. Drehst du gerade einen Film?« Holly ließ nicht locker.

»So dies und das.« Völlig desinteressiert holte Fintan nun sein Handy hervor. »Sorry, aber ich müsste mal telefonieren.«

»Bitte«, sagte Holly kühl und Fintan verzog sich in eine Ecke des Gartens. Verärgert sah Holly Sophie an.

»Was ist denn mit dem los?«, fragte Sophie.

»So ein überheblicher Schnösel«, schimpfte Holly und drehte den Vampirroman in der Hand. »Das hatte ich mir anders vorgestellt. Liest du so was?«

Sophie schüttelte lachend den Kopf und legte ihrer Freundin den Arm um die Schulter. »Tut mir leid.« Irgendwie lief das alles so gar nicht rund, aber Sophie verkniff es sich, das zu sagen.

Sie beobachteten, wie Fintan telefonierte. Auf einmal sah er total glücklich aus. Ganz anders als gerade eben noch.

»Mit wem spricht er wohl?«, fragte Sophie.

»Vielleicht mit seiner Freundin«, sagte Holly und ließ enttäuscht die Schultern hängen. Sie wackelte mit dem Buch. »Hast du den Versprecher bemerkt? Vermutlich hat sein Agent ihm gesagt, dass er offiziell keine Freundin haben darf.«

»Das kann der Agent doch nicht machen.« Sophie zog die Augenbrauen zusammen.

»Hast du 'ne Ahnung! Wenn Fintan offiziell vergeben wäre, würden seine Kinofilme gleich viel weniger Geld einspielen, weil die ganzen verliebten Mädels zu enttäuscht wären.« Holly seufzte, und Sophie merkte mal wieder, wie merkwürdig sie dieses ganze Filmgeschäft fand.

»Komm, wir holen uns was zu essen«, schlug Holly vor.

»Wobei ich gar nicht weiß, ob ich auch nur einen Bissen runterbekomme. So ein eingebildeter Ochse.« Sie seufzte laut.

»Hallo, ihr zwei!« Oma und Opa waren gerade angekommen und begrüßten Holly herzlich. Sophies Eltern standen dahinter. Sie überreichten Holly ein kleines Geschenk. Oma hatte einen hübschen Korb gepackt und ein paar Gläser Marmelade reingelegt. »Die kannst du in die Schweiz mitnehmen. Dann denkst du vielleicht ab und zu mal an uns.«

»Dafür brauche ich keine Marmelade«, sagte Holly lächelnd. »Vielen Dank!«

»Das sind meine Eltern«, stellte Sophie Mama und Papa nun vor. Sie gaben Holly die Hand, und schnell waren alle in ein fröhliches Gespräch verwickelt. Sophie freute sich, dass Holly sich mit ihrer Familie gut verstand.

Nach ein paar Minuten kam auch Dana dazu.

»Schön, dass Sie da sind, herzlich willkommen!«, begrüßte sie die Rauchs.

»Vielen Dank für die Einladung!« Opa überreichte Dana einen riesigen Blumenstrauß.

»Ach, das wäre doch nicht nötig gewesen. Ist denn jetzt noch alles gut gegangen mit Ihrem Fest? Oder haben wir Sie sehr gestört?« Dana sprühte wieder vor Charme. Sie plauderte mit Sophies Eltern über die Dreharbeiten und führte sie anschließend zum Buffet. »Lassen Sie es sich schmecken und fühlen Sie sich ganz wie zu Hause. Ach, Emilio, da bist du ja. Bitte entschuldigen Sie mich kurz! Holly, kommst du gleich?« Dana lief zu Emilio und zog ihn zum DJ-Pult.

Sophie setzte sich mit ihrer Familie an einen Tisch. Als

Nächstes folgte eine Ansage von Dana, in der sie Holly gratulierte, ihr einen superteuren und superneuen Laptop aus der Glitzeredition überreichte und die Köche bat, die Geburtstagstorte heranzukarren. Gemeinsam sangen alle »Happy Birthday« und Holly war ganz gerührt und umarmte Dana lange. Die Torte war der absolute Wahnsinn. Sophie hatte sie ja schon gesehen, aber jetzt war sie noch mit brennenden Wunderkerzen geschmückt. Dana bat Holly, sie anzuschneiden, und dann verteilte sie mithilfe einiger Kellner die Tortenstücke.

»Das ist ja alles sehr hübsch hier«, flüsterte Mama irgendwann, »aber irgendwie ein wenig aufgesetzt, findet ihr nicht?«

Oma nickte eifrig. »Da hast du recht. Für mich wäre das hier auf Dauer nichts. Aber für einen Nachmittag ist das doch höchst amüsant.«

»Und lecker«, ergänzte Opa, der sich gerade genüsslich Torte in den Mund schob.

»Iss nicht zu viel, Karl. Sonst liegst du wieder die ganze Nacht mit Magenschmerzen wach«, rügte ihn Oma. Sophie musste lachen. Hier prallten wirklich zwei Welten aufeinander.

Kapitel 25

Ein paar Stunden später war die Party noch immer im vollen Gange. Die unzähligen Lampions hatten den Garten in ein stimmungsvolles Licht getaucht, und der DJ hatte angefangen, Tanzmusik aufzulegen. Dana und Emilio waren die Ersten, die ein Tänzchen aufs Parkett legten. Irgendwann mussten sie gehen, weil sie noch auf eine Gala eingeladen waren. Holly war enttäuscht, hatte dann aber viel Zeit an dem Tisch der Rauchs verbracht, die so gut wie möglich versuchten, ihr gute Laune zu machen.

Boris und Fintan verabschiedeten sich kurz nach Dana, und Sophie war froh, dass Fintan sich nicht weiter mit ihnen unterhalten hatte. Er hatte das ganze Fest über teilnahmslos an einem Tisch gesessen und auf sein Handy gestarrt. Vermutlich war das besser so. Auf eine weitere Unterhaltung mit ihm konnte sie wirklich verzichten.

Auch der Rest der Gäste zog irgendwann von dannen.

»Holly, wir werden uns jetzt auch langsam verabschieden«, sagte Sophies Mutter. »Wir fahren morgen früh zurück nach Hause. Aber es hat uns sehr gefreut, dich kennenzulernen. Wenn du mal bei uns in der Nähe bist, kommst du uns besuchen, ja?« Sie umarmte Holly und auch Oma und Opa umarmten sie. Opa hatte der Rotwein ganz besonders gut geschmeckt. Er war blendend gelaunt und hatte es vorhin sogar geschafft, Oma auf die Tanzfläche zu zerren.

»Sophie, du kannst noch bleiben. Komm aber nicht zu spät, ja?«, sagte ihre Mutter und drückte ihr einen Kuss auf den Kopf. »Ich packe in der Zwischenzeit deine Sachen.«

»Danke!«, sagte Sophie und winkte ihrer Familie.

»Komm«, sagte Holly, »wir setzen uns hinten auf die Bank.« Die beiden Mädchen ließen sich am Rande des Gartens nieder und beobachteten, wie das Treiben allmählich abnahm.

»Es war doch noch ein schöner Tag«, stellte Holly fest.

Sophie nickte nur.

»Deine Familie ist toll.« Holly zeichnete mit der Fußspitze kleine Kreise in die Erde.

»Ja, das finde ich auch«, pflichtete Sophie ihr bei.

»Hast du gesehen, was Dana mir geschenkt hat? Einen superteuren Laptop aus der Glitzeredition. Davon gibt es nur 500 auf der Welt!«

Sophie nickte. »Cool!«

»Ja.« Holly presste die Lippen zusammen. Eine Weile sagten sie nichts, bis Holly wieder das Wort ergriff: »Manchmal wünsche ich mir, dass mein Leben etwas normaler wäre. So wie deins vielleicht. Mit ganz normalen Eltern, die immer da sind.«

»Leicht ist es bei euch bestimmt nicht«, sagte Sophie nachdenklich.

»Nein. Aber es hat natürlich auch viele gute Seiten. Schau dir nur die Party an. Und Dana dreht dieses Jahr noch einen Film in Kenia. Da werde ich sie in den Weihnachtsferien besuchen fahren. Ist das nicht aufregend? Wir wollen eine echte Safari zusammen machen.«

Sophie lächelte. So war Holly. Sie ließ sich einfach nicht unterkriegen.

»Boris ist vielleicht auch da«, sagte Holly.

»Und Fintan?«, fragte Sophie zaghaft.

»Ich hoffe nicht.« Holly lachte laut auf. »Was für ein Idiot! Aber hast du Titus kennengelernt? Das ist der Sohn vom Kameramann. Ich kannte ihn vorher auch nicht. Der ist toll. Wir haben E-Mail-Adressen ausgetauscht.«

Sophie erinnerte sich, dass sie Holly vorhin mit einem Jungen gesehen hatte, mit dem sie angeregt geplaudert hatte.

»Aber geküsst hat er dich nicht, oder?«, fragte sie.

Hollys Ohren wurden rot. »Nein!«

»Also ist dein Sternschnuppenwunsch nicht in Erfüllung gegangen«, stellte Sophie fest.

»Nee. Leider nicht.« Holly lehnte sich zurück. »Obwohl, irgendwie schon. Gut, das mit Fintan war ein Reinfall. Aber der Rest passt doch, meinst du nicht?« Erwartungsvoll sah sie Sophie an.

»Du meinst, das mit dem besten Sommer unseres Lebens? Ja, ich finde auch.« Sophie grinste breit. Sie beschloss, dass jetzt der richtige Moment für ihr Geschenk gekommen war.

»Warte kurz!«, rief sie und holte die Tüte, die sie vorhin in einer Ecke deponiert hatte. Mit zittrigen Händen hielt sie Holly das Päckchen entgegen. »Für dich!«

»Danke!«, sagte Holly und packte es vorsichtig aus. Als sie das Buch mit den Sternen in den Händen hielt, sah sie es ratlos an.

»Das ist ein Erinnerungsbuch an unsere Zeit hier«, erklärte Sophie schüchtern. Holly begann, darin zu blättern, und das Lächeln auf ihrem Gesicht wurde von Sekunde zu Sekunde breiter. »Haha, da sind wir beide auf dem Traktor. Und auf dem

Fest. Wow, da hast du uns aber toll gemalt. Du kannst ja richtig gut zeichnen, das hast du mir noch nie erzählt.«

Sophie zuckte scheu mit den Schultern.

»Vielleicht wirst du mal eine berühmte Malerin, dann kann ich mit dir angeben«, sagte Holly nun, sah Sophie eindringlich an und fügte hinzu: »Vielleicht bleibst du aber auch einfach, wie du bist. So mag ich dich nämlich am liebsten. Vielen Dank für das Geschenk. So was Tolles hat noch keiner für mich gemacht.«

»Sehr gern!«, antwortete Sophie.

Holly legte ihr den Kopf auf die Schulter. »Weißt du was, nächsten Sommer treffen wir uns wieder hier, okay?«

»Ich werde auf alle Fälle hier sein«, sagte Sophie.

»Ich auch!«, sagte Holly voller Inbrunst.

»Wer weiß das schon. Bei eurem Leben ... Erst mal sehen, wo Dana nächstes Jahr dreht. Vielleicht in China!« Sophie machte eine ausschweifende Armbewegung. »Oder in Australien.«

Hollys Augen weiteten sich. »Das wäre genial! Aber nein, Dana hat versprochen, dass wir mehr Zeit hier im Haus zusammen verbringen. Deshalb hat sie es ja gekauft. Damit es unser richtiges Zuhause wird. Außerdem sage ich Ole, dass sie dich zur Premiere von *Küss mich, Liebling* im Frühjahr einladen sollen.«

»Au ja! Auf einer Premiere war ich noch nie.«

»Ist auch nicht so spannend. Man geht ins Kino, sieht den Film und auf der After-Show-Party dürfen wir eh nicht bleiben.« Holly seufzte.

»Ich muss langsam mal rüber«, sagte Sophie. Es war spät geworden und morgen wollten sie früh los.

»Okay. Ich muss mich auch noch um die letzten Gäste kümmern.« Die Mädchen standen auf und sahen sich unentschlossen an.

»Wann fahrt ihr morgen?«, fragte Holly nach einer gefühlten Ewigkeit.

»Nach dem Frühstück. Ich schätze gegen neun.« Sophie spürte, dass sich ihre Kehle zuzog. Sie hasste Abschiede. Und dieser war ganz besonders schlimm. Es war nicht nur der Abschied von Holly, es war auch der Abschied von einer ganz besonderen Zeit, die sie irgendwie verändert hatte. Vielleicht hatten Oma und Opa doch recht gehabt und sie war ein wenig erwachsen geworden diesen Sommer. Aber nur ein klitzekleines bisschen.

Holly schloss sie in die Arme. »Danke für den Sommer. Das war wirklich eine tolle Zeit.«

Sophie erwiderte die Umarmung und nickte stumm. Holly ließ sie los. »Und danke noch mal für dein Geschenk. Ich nehme es mit in die Schweiz. Und die Marmelade von deiner Oma auch.« Sie lachte.

»Gerne.« Sophie atmete tief durch. »Also, ich muss dann mal. Bis bald, ja? Und danke für alles.« Sophie drehte sich um, winkte noch einmal und lief zum Gartentor. In ihren Augen brannten Tränen.

»Sophie?«, rief Holly ihr hinterher.

Sophie schaute zurück. Holly deutete mit ausgestrecktem Arm auf die Hecke. »Da geht's lang.« Sie grinste breit.

Auch Sophie musste grinsen, änderte die Richtung und kletterte unter den verwunderten Augen der letzten Partygäste durch die Hecke.

Als sie abends im Bett lag, dachte sie noch lange nach. Sie vermisste Holly schon jetzt. Noch einmal erhob sie sich und schaute aus ihrem kleinen Dachfenster hinüber auf das Grundstück der van Nordens. Die Lampions leuchteten noch immer, aber es waren kaum mehr Gäste da. Einer der Männer vom Partyservice trug gerade Hollys Geschenkeberge ins Haus. Mit wem würde sie die wohl auspacken? Hoffentlich kam Dana nicht zu spät zurück. Sophie seufzte, legte sich dann ins Bett und schlief irgendwann an.

Kapitel 26

Am nächsten Morgen musste es schnell gehen. Papa drängelte, weil er abends noch einen Termin hatte und nicht zu spät kommen wollte. Oma hatte ihnen Brote geschmiert und Muffins gebacken, die sie sorgfältig im Auto verstaute. Als sie sich von Sophie verabschiedete, vergoss sie ein paar Tränchen. Opas Stimme klang ein wenig belegt. »Erbse, du wirst uns fehlen«, sagte er.

»Aber ich komme wieder!«, versprach Sophie und drückte ihn fest. »Außerdem kommt ihr doch bald ein paar Tage zu uns, oder?«

»Nun aber los!« Papa warf energisch den Kofferraum zu und hielt Sophie die hintere Wagentür auf. Sie wollte gerade hineinklettern, als ein »Halt!« durch den Garten klang. Holly war im Schlafanzug durch die Hecke geklettert und stand mit zerzausten Haaren vor ihnen.

»Ich hab noch was für dich«, rief sie und streckte Sophie ein kleines Päckchen entgegen.

Sophie öffnete es und hielt ein ähnliches Armband in der Hand wie das, das Judith gestern Holly geschenkt hatte.

»Ich habe das gestern noch mal bekommen und dachte, ich gebe es dir. Als Erinnerung.«

»Wow, danke!« Sophie schaute zwischen Geschenk und Holly hin und her.

»Komm, ich mache es dir gleich um.« Holly knotete das Band um Sophies Handgelenk und dann hielten sie ihre Arme nebeneinander. An Hollys Arm baumelte ein rotes Lederband mit Sternchen, an Sophies Arm ein grünes. Die beiden drückten sich noch einmal. Papa hupte und Sophie stieg ein. Sie ließ das Fenster runter und winkte ihren Großeltern zu und auch Holly. Papa fuhr los.

»Ich schreib dir gleich nachher eine Mail. Ich muss dir doch noch erzählen, was ich alles geschenkt bekommen habe. Du wirst es nicht glauben, was da für Sachen dabei waren!«, rief Holly ihr hinterher.

»Ja, ich sehe heute Abend gleich nach!« Sophie winkte und schaute so lange zurück, bis Holly immer kleiner wurde. Irgendwann bog der Wagen um die Ecke und Sophie lehnte sich zurück. Sie strich über ihr Armband. Das war wirklich der schönste Sommer ihres Lebens gewesen. Das würde ihr zu Hause alles keiner glauben.

weitere bände der erfolgsreihe von catherine wilkins

Mein (überhaupt nicht) fabelhaftes Leben und andere Katastrophen

ISBN 978-3-8458-0623-5

Mein (ganz und gar nicht) grandioses Schuldrama und andere Katastrophen

ISBN 978-3-8458-1024-9

Mein absolut gigantischer (Miss)Erfolg und andere Katastrophen

ISBN 978-3-8458-1395-0

Tagebuch – Mein (überhaupt nicht) fabelhaftes Leben

EAN 40-14489-11188-7

ISBN 978-3-8458-0460-6